菓子屋横丁月光荘

歌う家

ほしおさなえ

ハルキ文庫

角川春樹事務所

目次

本文カット／丹地陽子
本文デザイン／五十嵐徹
（芦澤泰偉事務所）

菓子屋横丁月光荘

歌う家

第一話

歌う家

1

その声をはじめて聞いたのは、物心つく前だったのではないかと思う。家にいるとどこからか聞こえてくる声。そこにいる人、だれのものでもない声。

そのころ父と母と僕が住んでいたのは、古い木造の一軒家だった。

僕の母方の実家は風間《かざま》といい、代々工務店を営んでいた。父はその工務店に勤める職人で、店の手伝いをしていた母と知り合って結婚したのだ。

はじめは風間家の隣のアパートに住んでいたが、僕が生まれて手狭になり、近所の小さな一軒家に越した。当時築五十年を超えていたその家は、大工の棟梁《とうりょう》だった曽祖父《そうそふ》の建てたもので、ちょうど空き家になったところだった。古いが頑丈な造りだったので、父が少し手を入れて、そのまま住むことになった。

僕はその家が好きだった。広い庭がついていて、幼いころは毎日その庭で遊んだ。庭木もあり、虫やトカゲもいたし、鳥もやってきた。

家のなかにいると、ときどきその声が聞こえた。歌うようだったり、笑うようだったり、ささやくようだったり、寝息のようだったり、だが、なにを言っているのかまでは聞き取れない。それでも、お化けや妖怪のような怖いものでないことは感じ取っていた。

声は赤ん坊のころからいつも聞こえていて、僕にとってはあたりまえのものだった。だから、あるとき母にその声のことを訊《たず》ね、母にそれが聞こえていない、と気づいたときは、ひどく驚いた。

小学校にあがる前の年のことだ。父が不在の夜だった。その日は関東地方に大きな台風が来ていて、夕方から雨と風がどんどんひどくなっていた。窓ガラスがガタガタ鳴り、家がみしみしと軋《きし》んだ。

そのとき、声が苦しそうにうめいた。これまで聞いたことのないような声で、僕は怖くなって母に声のことを訊ねた。

──なんの声？　なにも聞こえないわよ。

僕は驚いた。声が聞こえるのはみなが寝しずまったあとや、部屋にひとりでいるときが多かったし、僕にとってはわざわざ人に問うようなものではなかったから、それまで声のことを人に訊《き》いたことがなかったのだ。

──聞こえないの？　すごく苦しそうなんだ。病気なのかもしれない。

病気、と口にしてから、はたと止まった。病気、というからには、その声に主《ぬし》がいることになる。それまで声はしても、それがなんの声か、と考えたことはなかった。でも「音」ではなく「声」なのだ、とは思っていた。

——風の音じゃない？　台風が来てるから、外はすごい風だものね。

母にやさしく言われると、そうであるような気もした。ともかく母には聞こえないのだ。それ以上話してもらちがあかない。僕は口をつぐんだ。

声は夜遅くまで続いた。声がしているあいだ、なかなか眠れずにいた。母が眠ってしまってからも、闇のなかで目と耳を凝らしていた。家はがたがた揺れ、みしみし軋んだ。そして、ずっと、声が苦しそうにうなっていた。

だが、風の音が弱まってきたころだった。声が突然、ぴた、とやんだ。そのあと、どん、という音がした。いつのまにか風の音もやみ、しんとしずかだった。

声がやんでみると、今度はなぜやんだのか気になった。それに、あの、どん、という音。といって、ひとりで起きあがる勇気はなくて、ただじっと丸くなっていた。夏だというのに少し冷えると感じながら、そのまま眠ってしまった。

次の朝、母の声で目が覚めた。僕を起こす声ではない。驚いたような声だった。だが、寝不足のせいか頭がはっきりせず、僕はしばらくぼんやりそのまま横たわっていた。やがて廊下からばたばたという足音が聞こえた。

――守人《もりひと》、起きて。

襖《ふすま》を開けた母が言う。

――なに?

――屋根が……屋根が落ちちゃった!

母はそう言った。

屋根が落ちた? どういう意味かわからず、ぽかんとしていると、母が僕の手を取り、引っ張る。しぶしぶ起きて引かれるまま庭に出た。

屋根が落ちた。

その意味がわかった。うちの屋根が、丸ごと庭に落ちていた。

母は、おじいちゃんを呼んでくる、と言って、出かけて行った。台風が去ったあとの妙に青い空の下で、僕は庭に落ちた屋根に乗って遊んでいた。

ほどなく、祖父がやってきた。昨日の台風の突風で、屋根が剝《は》がれ、そのまま落ちたのだろう、と言った。不思議なことに、二階にはそれほどの被害はなかった。天井板が残っていたのと、屋根が落ちたのが風雨が弱まりはじめたころだったからだろう。

ともかく屋根を引っ張りあげなければならない。午後に人を連れてきて直す、と言われた。そうして、屋根は祖父が引き連れてきた数人の職人によって引きあげられ、元通りになった。

この一件で、僕は前より声のことを強く意識するようになった。たしかめてみると、母だけではなく、父にも祖父母にもその声は聞こえないようだった。聞こえない、と言われたら、声のことはそれ以上話さないことにした。そんなものはない、と諭されるのがいやだった。

声は絶対にある。でもほかの人には聞こえない。それでいい、と思った。

僕は声が好きだった。家にひとりでいるとよく声が聞こえた。人じゃないとわかっていても、それが聞こえると安心だった。台風のときも、声が僕らを守ってくれたような気がしていた。

風雨が激しいあいだ、うなるような声をあげていたのは、必死で踏ん張っていたから。風雨が弱まって力尽き、屋根が落ちたのだ。あまり被害がなかったのは、声ががんばったからだ、と思えた。

気をつけてみると、うち以外の場所でも声が聞こえるときはあった。祖父母の家でもよく聞こえたし、人の家、たまたま立ち寄った建物のなかで聞いたこともある。場所によってちがう声だが、聞こえるのはいつも建物のなかだった。だから、これは建物の声なのだ、と思った。

声は常に聞こえるわけじゃない。同じ建物でも聞こえるときと聞こえないときがある。これまで聞こえなかった場所で、あるとき急に聞こえたこともあった。

それが建物の状態によるものなのか、僕の状態によるものなのかはわからない。声の正体もわからなかった。家の霊のようなものなのか、住人の声が木霊《こだま》のように聞こえてくるのか。それでも、僕にとっては声が聞こえることはあたりまえで、そういうものとしてずっと生きてきたのだった。

――2――

「遠野《とおの》くん、ちょっと」

学部の授業が終わって立ちあがったとき、木谷《きたに》先生から声をかけられた。教室を出ようとする学生たちをすり抜けながら、教壇の方に進む。

木谷先生は僕の指導教授だ。専門分野は日本の近代文学。近代の小説の舞台となった町の古い地図と現在の町を比較して検証する、というちょっと変わった研究をしている。経歴によると四十代半ばらしいが、見た目は年齢不詳。飄々《ひょうひょう》とした雰囲気で、レポートも多いし、評価も厳しいが、頭ごなしなところのない、気さくな人だった。

僕はこの四月からY大学大学院の修士課程にはいったばかり。今日はティーチング・アシスタントとして先生の学部の授業に参加していた。

「なんでしょうか」

「実は、相談したいこと、というか、ちょっとした提案があるんだけど……。このあと時間あるかな?」

眼鏡の奥の目が僕をじっと見る。

「ええ。もう授業はありませんし」

「じゃあ、僕の研究室で」

先生は荷物を持ち、歩きだす。僕もあとについて教室を出た。

先生の研究室には本や文献のはいった本棚のほか、壁に古い地図がたくさん貼られていて、独特の雰囲気を醸し出している。

「まあ、そこに座って」

先生はいつもの飄々とした口調でソファを指す。先生がお茶を淹《い》れてテーブルに置いた。ほうじ茶のいい匂いがした。

「あ、すみません」

「いやいや、僕が飲みたかっただけだから」

先生はすっと湯呑《ゆの》みを手に取り、口をつける。僕も湯呑みに手を伸ばした。白っぽい色のざらざらした手触りの湯呑みで、口の近くに小さく金色の部分がある。金継《きんつ》ぎだ。学部の二年生だったころ、はじめてこの器を出されたときのことを思い出した。

——それね、金継ぎだよ。

——金継ぎ？

僕は訊いた。

——うん。欠けたり割れたりした湯呑みを直す、むかしながらの方法。知り合いがやってるんだ。漆《うるし》でつないで、金粉で仕上げる。まあ、仕上げは金以外のものを使うこともあるけどね。こんなふうに。

先生が自分の使っていた湯呑みをテーブルに置き、指さした。黒い筋が湯呑みの真ん中にすうっと走っていた。

——これは完全に割れてしまったのを継いでもらったんだ。金は使わないで、黒いままにしてもらった。

壊れた器を直す。小さな金色の部分や黒い線がはいっていることで、むしろ雰囲気が出て格好よくも見えた。

——漆は丈夫なんだよ。ちゃんと継げば、取れてしまうということはない。接着剤とちがって有害なものも出ないしね。でもそれだけじゃなくて、器に新しい景色が生まれる。割れや欠けは意図的な形じゃないから、余計おもしろい。

先生は微笑《ほほえ》んだ。

——もともと陶磁器は人工と自然が混ざったものだからね。土は自然のもの。形を作ったり絵付けをしたりするのは人間だが、焼いたときどういう作用が生まれるかは、窯《かま》から出すまでわからない。

いままで単にお茶を飲むためのものとしか思っていなかったのに、手のなかの湯呑みが生きているように思えた。

——金継ぎはけっこう高いんだ。たいていは新しいものを買った方が安い。けど、割れや欠けまで含めて、その器の人生だから。新しくきれいなものを買うより、自分と過ごした人生を持つ器と暮らす方が、充実してるだろう?

自分と過ごした人生を持つ器。そんな考え方はこれまで聞いたことがなかった。だが、そうかもしれない、と思った。自分の家で飼っている犬や猫だから特別、ということはあるだろう。それと同じと思えば。

「さて。話というのは、だ」

先生がテーブルに湯呑みを置き、口を開いた。

「遠野くん、川越《かわごえ》って行ったことあるかな？」

「川越……。埼玉県の……蔵の町で有名なところですよね」

「そうそう」

「行ったことはないです。テレビに映っているのを見たことはありますが」

たしか旅行番組だったと思う。東京近郊の町を紹介するなかに、川越も出てきた。黒い蔵造りの建物がならんで、東京のすぐ近くにもこんなところがあるのか、と思った。

「そうか」

先生はうなずき、ソファの背にもたれていた身体《からだ》を起こす。

「遠野くん、いまの家から出たい、って言ってたよね」

「え？　ええ」

僕の家は千葉の木更津《きさらづ》で、池袋《いけぶくろ》にある大学まで二時間近くかかる。遠野家の祖父母が亡くなり、ひとり暮らしになってしまったいま、その家に住み続ける意味はない。さらに相続関係のごたごたで、住み続けるのがむずかしい状況になってもいた。

僕は早くに両親を亡くし、父方の祖父母に引き取られた。高校時代に祖母が亡くなり、学部四年のときに祖父が亡くなった。亡くなった僕の父は三男で、祖父の遺言により、木更津の家は長男と次男が相続することになっていた。

遺言には、僕が就職するまではその家に住み続けてよい、と注記されていた。だが、伯父《お》たちは早く家を処分したがっていた。大学はともかく、大学院までは想定していなかったのだろう。顔をあわせるたびに、早く家を出てほしい、と匂わせてくる。

先輩から、大学院は授業数はそれほどでもないが、課題の内容がむずかしくなり、読まなければならない文献も増える、ゼミの運営や教授の雑務を手伝う機会も増えて、学部時代よりずっと忙しくなる、とも聞いていた。

なにしろ、いまは通学だけで往復四時間近くかかるのだ。大学院にはいってみるとたしかに忙しく、いずれ引っ越さなければ、と思っていた。

「実はさ、僕の大学時代の友人で、川越の商家の家系の人がいて……。最近、築七十年の建物を改修したんだ。だけど、彼は都心に家族と住んでて、その家の面倒までは見られない。それで、建物の世話をしながら住んでくれる人を探してる、って言うんだよ。住みこみの管理人、ってとこかな」

先生の話によると、島田《しまだ》さんというその人の家は、川越の旧市街のあちこちに不動産を持っているらしい。最近両親が亡くなり、そのうちのひとつを相続した。築七十年の家の建つ土地だ。

以前は人に貸していたのだが、数年前から借り手がつかず、朽ちそうになっていた。このままではどうしようもないということで、はじめは古家を壊して駐車場にするか、新しい家を建ててだれかに貸すか、というようなことを考えたらしい。

だが、川越の旧市街地は、古い景観を守るため、建物を建てたり直したりするのにさまざまな規制がある。加えて、築七十年の古民家はじゅうぶん立派な文化財だから、改修して保存することをあちこちから勧められたのだそうだ。

「川越で古い家の修繕や改築を扱っている建築士さんにも、こういう建物はいまはもう建てられる人がいない、壊してしまったらもう二度と建てられない、って言われたらしくてね。島田も、そんなに価値があるものなのか、とびっくりしたみたいで。それで、ちょっと迷ったらしいんだ。なにしろ、改修にはかなり費用がかかるそうで……」

「そうなんですか?」

「規則に沿って改修しようとすると、壊して新しい家を建てるより、費用もずっとかかるみたいだ。ひとつひとつ手作業になるし、建材だって特別なものを使うからね」

そういうものなのか。考えてみれば、窓枠だって戸だって、新築なら規格品を使えるが、古いものの場合はそうはいかない。

「だけど、奥さんにも、いまは仕事も子どもの学校もあるから無理だけど、もっと年を取ったら、そういう古い家に住むのも悪くないんじゃない、って言われたらしくて……」

「それで、改修したんですか」

「うん。島田も凝り性だからね。いったんはじめると徹底しないと気がすまない。木材もできるだけもとと同じのを使って、建具も漆喰《しっくい》も再現して、ってこだわったんだ。耐震《たいしん》にも問題があったから、それを見た目わからないように補強したりで、二年近くかかってるみたいだ」

「二年……」

新築の建物なんて、数ヶ月で建ってしまうのに。

「それでもまだ全部は終わってない。一階はだいたい終わったけど、二階はまだこれからだって」

先生は苦笑いした。

「昭和二十年代築の木造二階建て。町屋《まちや》造りっていうのかな。豪邸じゃない、ふつうの民家だよ。けど、建具の細工もきれいだし、なかなか趣があって、写真で見るかぎりいい感じの建物だった」

木谷先生は思いかえすように言った。

「で、島田から訊かれたんだ。改修したはいいけど、すぐに住めるわけじゃない。だからなにかに使いたい。といって、建物の状態を保つことを考えると、店舗やカフェみたいなものにはしたくない、なにかいい使い道はないか、って。それで、ちょっと閃《ひらめ》いたことがあって……」

「閃いたこと？」

「遠野くん、僕の父が古い地図コレクターだったのは知ってるよね」

「はい。そのコレクションがあったから、先生のいまの研究がある、って……」

亡くなった先生のお父さんは郵便局員だったのだが、趣味で古い地図を集めていて、部屋には相当な数のコレクションがあった。先生は小さいころからその地図を見て育ち、いまの研究をはじめたのだそうだ。

「研究にも活用してるけど、それだけじゃもったいない、って前から思ってたんだ。古い地図を見るのが好きな人はけっこう多い気がする。明治から昭和にかけて、町並みがどんどん変わっていったから」

「そうですね。明治期といまでは、道路も建物もかなりちがいますが、そのまま残っているところもあったり……」

卒論で木谷先生の地図を借りて調べたときのことを思い出した。

「そうそう。研究のためだけじゃなくて、ふつうの人だって楽しめると思うんだ。自分の生まれたころの町の様子を見るとか」

先生が湯呑みにもう一杯お茶を注ぐ。

「島田に話したら、おもしろがってくれた。それで、建物の一階を地図資料館みたいな形で運営してみるのはどうか、ってことになったんだ」

「資料館ですか？」

「父の地図は古くても明治期。古地図とちがって、仰々しくガラスケースに飾るようなものじゃない。それより、気軽に手に取って見てもらいたいんだ」

「そうしたら傷んでしまいませんか？」

「まあね。でも、父も大事に保管することより、気軽に見てもらうことを望んでいると思う。だから、博物館より図書館に近いイメージで考えてるんだ。とりあえず、実家で地図を整理して、うまくおさまる棚を設計しながら展示方法を考えようって」

「そうですね」

「いずれにしても、建物と地図の管理をする人が必要だ。もちろん、信用できる人じゃないといけない。で、遠野くんが頭に浮かんだ」

先生が僕をじっと見た。

「毎日窓を開けたり、掃除をしたり、地図の手入れや整理もする。その代わり、家賃はタダで、少しだけど給料も出す。どうだろう？　川越から池袋は電車で三十分くらい。いまの木更津の家よりはだいぶ近くなる」

悪くない話である。

ただ、築七十年というのがちょっと気になった。建物が古いことに問題はない。気になるのは声のことだ。

僕には家の声が聞こえる。子どものころからそうだった。すべての家というわけじゃない。だが、古い家だと聞こえることが多い。その声がおだやかなものであればよいが、そうでなかったら……。

「見てみないとわからないよな」

「そうですね。ちゃんと住めるのか、っていうのもありますし、逆に、そんな貴重な家の世話、僕なんかにできるのか、っていう不安も……」

ほんとうのことは言えず、ごまかした。

「それに、島田とも面接しないといけないしね。今度の週末どうだろう？　一度見にいってみないか」

「はい。土日、どちらでも大丈夫です」

先生は、島田さんの都合も訊いて、日程が決まったら連絡する、と言った。

電車を二回乗り換え、最寄駅からさらにバスに十五分揺られ、ようやく木更津の家に戻った。木谷先生と別れたあと図書館に寄ったので、八時すぎになってしまった。

鍵を開け、電気をつける。床にあがると足裏がひんやりした。

だれもいない居間に荷物を置き、帰りにスーパーで買ったうどんを火にかける。アルミの容器にはいっていて、容器ごと火にかければ食べられる、という代物《しろもの》だ。

ひとり暮らしになってもう一年。祖父母と住んでいた広い家だが、いまはこの台所と居間、自分の部屋しか使っていない。あとの部屋は閉めたきりだ。

音がないのがさびしくてテレビをつけた。いくつかチャンネルを替えると、旅行番組に行きあたった。アジアの寺院を巡る内容らしい。緑の山と広い川。石造りの遺跡。のんびりした音楽が流れている。BGM代わりとしてはこれでいいか。

火を止め、できあがったうどんをテーブルに運ぶ。食べながらぼんやりテレビをながめた。途中、見覚えのある寺が映った。テロップに出た名前を見てはっとした。父と母の新婚旅行の写真に写っていたのと同じ寺院だった。

画面のなかの寺が写真と変わらないことに軽い驚きを感じた。父と母はもういないのに、はるかむかしからあるこの寺は依然、同じ姿で建っている。

——守人。

父と母の笑顔がよみがえり、思わず目を閉じた。

ふたりが事故で死んだのは、僕が小学三年生のときだった。

父方の祖父は、大手商社で取締役まで出世した叩《たた》きあげ社員。父は男ばかりの三人兄弟の三男として生まれた。祖父は息子たちを、大企業に入社し出世するよう育てた。三人とも中学受験のために進学塾に通い、進学校に進んだ。

長男は総合商社、次男は家電メーカーと、業種はちがうが大手企業に就職。だが父だけは祖父と仲違《なかたが》いして青年海外協力隊に参加。帰国後はバイトしながらひとり暮らしをはじめ、そのままバイト先の工務店に就職、工務店を営む風間家の娘と結婚し、遠野家とは縁が切れたような状態になっていた。

小学校にあがってすぐに風間家の祖父が亡くなり、工務店は父が継いだ。そのころにはハウスメーカーの建売住宅が増え、工務店の仕事は少なくなっていた。そして、僕が小学三年生のとき父と母が亡くなり、工務店もたたんだのだ。

僕の養育の問題になったとき、突然遠野家の祖父が現れた。厳しい目で僕を見て、これからはわたしがお前を育てる、と言った。風間家の祖母はすでにかなり弱っていて、僕の将来のことを考えて、遠野の家に行かせることにしたのだ。

それまでのおおらかな生活は一転した。僕はすぐに進学塾に入れられ、大学は経済学部に行って一流企業に就職しろ、と言われた。祖父にとって、僕はたったひとりの男の孫だった。長男のところは女しか生まれず、次男のところは子どもができなかった。

だが、そんな祖父も、僕が高二のときに祖母が亡くなると、急に弱ってしまった。経済学部に行く気がせず、文学部を志望したが、なにも言われなかった。

結局Y大学文学部に入学したが、とくにしたいことも見つからないまま一年が過ぎた。二年の前期、たまたま木谷先生の授業を受けた。授業のフィールドワークで町をめぐり、古い建物にはいったとき、なんとも説明しようのない落ち着いた気持ちになった。

そして、声が聞こえた。その声があまりにやさしく、あたたかかったので、胸がぎゅっとしめつけられ、僕はその場にしゃがみこんでしまった。

ほかの学生から声をかけられ、講義中だったのだ、とはっとした。あわてて立ちあがり、ちょっと立ちくらみがして、とごまかした。

講義が終わって、木谷先生から声をかけられた。さっきの行動が変に見えたのかもしれない、と焦った。

——あの建物、よかったでしょう?

木谷先生は少し微笑んで言った。僕はぽかんと先生の顔を見た。

——君、建物にはいったとき、ほうっとした顔したでしょ？　わかりますよ。僕も、最初にあそこにはいったとき、たぶん同じような顔をした。なにかから呼ばれたような気がして。

びくんとして、目を伏せた。

人には聞こえないものが聞こえることで、これまでもちょっとした不都合はあった。親戚の家に連れて行かれたときに妙に苦しそうな声が聞こえ、不安になって耳を塞《ふさ》いでしまったり、声の出る場所を探してきょろきょろしてしまったり。そのたびに、落ち着きがない、と祖父にひどく叱られた。

幻聴だとしたら、精神的な病気なのかもしれない。そう疑い、不安になった時期もある。だが、だれかに相談しようとは思わなかった。声の存在を否定されるのが怖かった。僕にとって、声は子ども時代の記憶につながる大事なものだった。

僕があまり友だちを作らなかったのも声のせいだ。親しくなったとして、僕にしか聞こえない声をどう説明したらいいのか。信じてくれる人がいるとは思えない。うわべだけ信じたふりをされるのもいやだし、打ち明けたことで友だちが離れていくのも辛《つら》い。隠し続けるしかない。でもそれもいつか苦しくなるだろう。それならいっそ、最初からだれとも親しくなるのはやめよう。そう思っていた。

——別になにかがほんとに聞こえたわけじゃ、ないんだけどね。でも、ときどきそんな気になる建物があるんだよ。

木谷先生は笑った。たぶん僕は、先生のほがらかな笑顔に救われたんだと思う。そのときは気がつかなかったけれど。張り詰めていた気持ちが少しゆるんで、この人のもとで学びたい、と感じた。

二年の後期、専門ゼミを選ぶとき、僕は木谷ゼミを希望した。無事認められ、木谷先生のもとで学ぶこととなった。

研究は楽しく、できれば研究者になりたいと思った。それが無理でも、研究にかかわる仕事につきたい。だから大学院に行きたかった。だが、祖父にはもちろん反対され、あきらめて就職活動をするつもりでいた。

ところが、僕が三年の夏に祖父が病に倒れ、余命半年という宣告を受けた。皆が就職活動をはじめたころ、僕は祖父の介護に追われた。

四年にあがってまもなく、祖父は入院し、病院で息を引き取った。亡くなる一週間ほど前、祖父は、お前のやりたいようにやれ、少しだが貯金はある、と言った。そのあと意識を失い、もう戻ることはなかった。

葬儀や相続であわただしく、気づけば六月を過ぎていた。就職活動には完全に遅れを取っていた。そんなとき、木谷先生が大学院に来ないか、と誘ってくれた。

就職が決まらずブランクができるより、大学院でつなぎ、来年就活してもいい、教員免許や学芸員免許を取る道もある、と言う。院試は夏で、出願にはまだ間に合った。もともとは進学したかったし、祖父から渡されたお金もあったから、思い切って院試を受け、大学院に進学したのだ。

祖父が入院してからそろそろ一年経《た》つ。あのときから、僕はこの家にひとりで暮らしてきた。伯父たちにはそれぞれ自分の家がある。彼らも祖父に対してあまりよい思い出がないのだろう。この家にもまったく執着がない。僕が出たらすぐに売却して、処分したいと思っているようだった。

―― 3 ――

土曜の午後、川越の家を見に行くことになった。

池袋から東武東上線に乗る。志木《しき》を過ぎたあたりから、だんだん景色が広々としてきた。畑の広がる起伏のない土地。見ているうちになぜかなつかしさを感じ、その正体を探るうち、むかし住んでいた家のまわりと似ているのだ、と気づいた。

当時父母と住んでいたのは埼玉県の所沢《ところざわ》市のはずれで、このあたりから近いのだ。きっと地形も似ているのだろう。考えてみれば、所沢と川越は西武新宿線でつながっている。縁のある土地に導かれているのかもしれない、と思った。

川越の駅で木谷先生と落ち合い、商店街を歩いた。古い町並みのある地区まで、歩くと二十分近くかかる。バスもあるようだが、木谷先生が町の雰囲気も見ておこうと言うので、歩いて行くことにした。

しばらくはどこにでもある商店街が続いた。商店街が終わり、広い道を渡ったあたりから雰囲気が変わった。大正浪漫夢通《たいしょうろまんゆめどお》りという小道で、古い建築物が並んでいる。洋風建築に町屋造り。

商工会議所の角を左に折れると、右手に蔵造りの町並みが見えてきた。

「すごいですね」

目を見張り、つぶやいた。

黒く重厚な店蔵が並び、江戸時代のようだ。テレビの映像では見たことがあったが、こうして実物を見ると想像以上に迫力があった。

「これが有名な一番街だよ。川越の蔵は貯蔵用の蔵じゃなくて、店蔵。通りに面して建ってるんだ。まあ、蔵っぽい建物のうち、本物は数が限られているみたいだけど」

木谷先生によると、この蔵造りの町並みは江戸を真似《まね》たもの。川越は関東大震災や戦争の空襲の被害をあまり受けなかったので、東京では失われてしまった風景が残っているらしい。

蔵造りは火災が起こったときに類焼を防ぐための耐火建築で、黒漆喰《くろじっくい》が特徴なのだそうだ。黒漆喰の黒い壁に、瓦《かわら》の黒い屋根。むかしは日本橋《にほんばし》あたりにもこういう商家が建ち並んでいたという。

埼玉りそな銀行の古い洋館や、時の鐘という木造の鐘つき堂などもあり、着物姿で行き交う人や、外国人観光客らしい人たちも大勢いて、たいへんなにぎわいだ。

島田さんとは門前《もんぜん》横丁という小道の入口で待ち合わせしていた。

「お待たせ」

木谷先生が、横丁にはいってすぐのところに立っている男性に声をかけた。パーカ姿の背の高い人だ。あの人が島田さんらしい。

「いや、こっちもいま着いたとこ。今日はありがとう」

島田さんはよく通る声で言った。

「こちらがうちの院生の遠野くん」

先生が僕を指す。

「ああ、管理人候補の……。はじめまして。島田です」

島田さんがくるっとした目で僕を見る。落ち着いた佇《たたず》まいだが、鋭そうな人だ。ぐいっと自分を前に押し出してくるタイプのように見えた。なんでも飲みこんでしまうような木谷先生とは対照的だ。

「遠野です。よろしくお願いします」

眼光に気圧《けお》されつつ、頭をさげた。

「じゃあ、さっそく行こうか」

島田さんが路地を歩きだす。

「遠野くん、川越ははじめて？」

「はい、はじめてです。よく知らなかったんですが、すごい町ですね。東京の近くにこんなすばらしい町並みがあるなんて……驚きました」

一番街に比べると、路地は細く、人も少ない。だが、両側に趣のある建物が並び、いかにも横丁という風情《ふぜい》がある。

「まあ、いまはね」

島田さんが答える。

「いまは？」

「うん、僕たちが子どものころはこんなじゃなかったからね。蔵造りも看板に隠れて見えなくなっちゃってたり……」

島田さんの話によると、川越がいまのような町づくりを目指しはじめたのは一九八〇年代のことらしい。

一九七〇年代には実質的な繁華街は駅周辺に移り、旧市街はすっかりさびれてしまっていた。蔵造りの建物も取り壊されたり、改築されたりして、歴史的景観が損なわれつつあった。それを住民たちが復活させ、いまの姿になったのだそうだ。

「例の家はこの路地からも行けるんだけど、はじめてならまず『菓子屋横丁《かしや》』を見に行こうか」

「菓子屋横丁？」

「駄菓子屋がたくさん集まったロの字形の路地でね。川越の有名な観光スポットのひとつだよ」

島田さんが言った。

「実は『菓子屋横丁』ができたのも八〇年代なんだよね。それまであそこには駄菓子屋はなかった」

「じゃあ、なにが？」

木谷先生が訊く。

「お菓子の製造卸《おろし》の店が並んでたんだ。小売《こうり》の店じゃなくて、小さな町工場《こうば》が並んで、お菓子を作ってたんだ」

島田さんが答える。

横丁の突き当たりには養寿院《ようじゅいん》という大きな寺があり、そこを右に曲がる。大きなカメレオンの像のあるうなぎ屋の横を通った。古い木造の建物の横に色鮮やかなカメレオンの像があるのが奇妙で、おかしかった。

「とくに関東大震災のあとは、東京の菓子屋が営業できなくなって、ここで東京の菓子の製造を一手に引き受けるようになった。多いときは七十軒以上あったらしいよ」

「そんなに？」

「でも戦後は物資がなくなって、工場も廃業になって……一九七〇年代には、営業してたのはほんの数店だった。で、八〇年代の町づくりの一環で、ここに『菓子屋横丁』って名前をつけて、駄菓子の小売店の横丁を作ったんだ。お菓子屋さんはあの角を曲がったあたりから並んでるよ」

島田さんが少し先の左にはいる角を指さす。

木谷先生は角の手前にある「浜《はま》ちゃん」という店に走り、さつまいもスティックを買っている。紙コップにはいったスティックを食べながら、こっちに戻ってきた。

左に曲がると、古い木の建物が並んでいた。ところどころに色とりどりのガラスの混ざった石畳が敷かれ、店には揃《そろ》いの丸い電灯がついている。

「玉力《たまりき》」という店には、色とりどりのかわいらしい飴《あめ》が並んでいた。ガラス越しに飴を作っている様子が見える。古い機械の細い樋《とい》のようなところを、きれいな飴がころころ転がってくる。

ほかにも、駄菓子屋、団子屋、茶房、漬物屋、民芸品店、飲食店……。短い距離なのに、木谷先生があちこちの店で立ち止まり、団子だの「たこせん」だのを買い食いしているので、なかなか進まない。日本一長い麩菓子《ふがし》、駄菓子、組飴と、あっという間に大荷物を抱えている。島田さんは、まだ買うの、と苦笑いしていた。

ようやく小道を抜け、広い高澤《たかざわ》通りに出た。右に曲がると、通り沿いにも店が並んでいる。そうして次の路地をまた右に曲がる。おしゃれな雰囲気のパン屋さんの前を通り、「浜ちゃん」の前に戻ってロの字一周。

木谷先生はパン屋さんでもパンをたくさん買いこんでいた。

「じゃあ、家に行こうか。ここからならパン屋さんの駐車場を抜けた方が早いな」

島田さんが言う。じゃりっじゃりっと小石を踏んで、駐車場を進んだ。裏の小さな出口の外には路地があった。まっすぐ進み、右に曲がる。

「ここだよ」

島田さんが立ちどまる。

小さな門の向こうに木造の家が建っていた。木の壁。入口の戸は、木の枠に模様入りのすりガラス。風がさあっと吹いて、気持ちがざわざわと波立った。

「まあ、とりあえずはいってみてくれよ」

島田さんがポケットから鍵を取り出す。鍵が開き、がらがらっと引き戸を開ける。島田さん、木谷先生のあとから、玄関のなかにはいった。

しんと冷たい空気と、古い家の匂い。先生たちが三和土《たたき》で靴を脱ぎ、式台にあがる。靴紐《くつひも》をほどこうとかがんだとき、声がした。家の声だ。聞こえるかも、と身がまえていたから、焦りはしなかった。だが……。

これは、歌……？

少し変わった声だった。抑揚があり、歌っているように聞こえる。なんの歌だろう？　聞いたことがあるような気がするが、判然としない。

思い出せるようで思い出せないのが落ち着かず、目を閉じ、耳を澄ます。

「いい家だ」

木谷先生のつぶやき声が聞こえた。

顔をあげると、先生の向こうに部屋が見えた。ひっそりと美しい部屋だった。板の間の奥に真新しい畳が広がっている。畳は窓からはいってきた光で照らされ、家の声の不思議なメロディーが響いている。

「なんだろう、すごく落ち着く感じだ」

木谷先生が、天井を見あげた。

「遠野くんもそう思わないか？」

そう言って僕の方をふりかえる。

「え、ええ、そうですね」

落ち着く感じ。その通りだ。でも僕は、それ以上のものを感じていた。締めつけられるようなしずけさ。ひんやりした空気。壁や天井の陰影と畳を照らす光。薄暗いのにあかるい。怖いのにずっと居続けたくなる。

黒っぽい木の柱、細い格子《こうし》の入った欄間《らんま》。奥に黒い壁で囲まれた床の間があった。その黒い床の間を見た瞬間、心の底の水面《みなも》に水が一滴落ちてきた。波紋が広がり、ゆらゆらと波打っている。

「いい家だ」

木谷先生が微笑む。

「ようやくね。最初は廃屋同然だったんだよ」

島田さんが笑った。木谷先生はしばらく部屋のなかを歩きまわり、あちらを見たり、こちらを見たりしながら、ほんとにいいなあ、と息をついた。

居間の横にはもう一間、部屋があり、奥に小さなキッチンとトイレがあった。キッチンにはコンロがふたつと調理スペース。ひとりで住むにはじゅうぶんすぎる設備だ。

木谷先生の推薦のせいだろう、僕はどうやら島田さんのお眼鏡にかなったらしく、この建物の管理人として認められた。

二階もまだ改修がはいるが、授業のことを考えると、引っ越すのは連休中の方が都合がいい。それで、とりあえず入居し、工事が終わるまでは一階に住むということで話がまとまった。

「浴室はまだ作ってないんだ。今月中に作りはじめる予定だけど、暑くなるまでには完成させるようにするよ。とりあえず高澤通りを市役所方面に歩いて行けば銭湯があったはずだ。当面はそこを使ってもらうしかないかな」

島田さんが言った。

「それでじゅうぶんです」

真夏は厳しいが、いまの時期は銭湯があればなんとかなる。

「二階はまだ床も張ってないんだ。畳にするか板張りにするか迷っていて。でも、工事も少しいそいでもらうようにするよ」

板の間から続く階段をのぼる。みしっという音がした。狭く、急な階段だ。子どものころ住んでいた家もこんな感じだった。梯子《はしご》のような急な階段で、小さいころはよく落ちそうになった。

階段の壁紙は、まだ手を入れていないのだろう。薄く染みが浮かんでいる。

二階には二間あった。両方とも床はまだベニヤが張られているだけの状態で、壁紙もあちこち剥がれ、押入れの襖もない。

「天井を剝がしたら梁《はり》がきれいだったから、このままにしようと思ってるんだ」

見あげると天井板はなく、太い梁と屋根裏が見えている。

「小さい方を遠野くんの居室にするとして、広い方の部屋はゆくゆくは閲覧室とかサロンとして使うことも考えてる」

「建物の内部の改装には規制はないのか？」

木谷先生が訊いた。

「うん。規制は外観だけ。細かいことを言うと、窓を変えるのは外側にも影響するから許可が必要、とかいろいろあるんだけど」

川越の旧市街では、重要伝統的建造物群保存地区が設定され、「まちづくりガイドライン」というものが設けられているのだそうだ。地区内の建物を改築する際には、届け出が必要になる。外観については、形状、素材、色などさまざまな基準が設けられていて、ガイドラインに合致していると判断されたものしか許可が下りない。

菓子屋横丁近辺は保存地区からは外れているが、この家に関しては建物自体に文化財的な価値があるとみなされ、改修に際しても補助金がおりている。その代わり、伝統的建造物としての基準を満たさなければならなかった。

「工事に時間がかかるのも、もちろん作業自体の時間もあるんだけど、申請してから許可がおりるまでに時間がかかったり、手続き関係のこともあるんだよね」

「なかなか大変だなあ」

「そうなんだ。時間もかかるし、お金もかかる。でもこういう形にしてみて、いまはすごく満足してる。妻も気に入ってくれたみたいだし。なんだか帰る場所ができたみたいな。だから、これでよかった、って心底思ってるよ」

島田さんは室内を見まわして言った。

「たしかにね。ここには便利さとかそういうこととは別の、精神的な豊かさがある」

「僕たちが年を取ってほんとにここに住むことになったら、急な階段をなんとかしなくちゃいけないとか、いろいろ出てくるんだろうけど、そのときはそのときでまた……」

島田さんと木谷先生の会話を聞きながら、部屋のなかを見てまわった。

押入れのなかは壁紙が剝げ、下にむかしの新聞が貼られているのがわかる。昭和期の古い新聞だ。窓だけは工事が終わっているらしく、建てられた当時の形を再現したと思われる木の枠が使われていた。

なぜか父母と住んでいた家を思い出した。建てられたのはどちらも昭和二十年代。そのころの家としてはありふれた形なのだろう。外観も間取りも建材もどこかあの家と似ていた。もうどこにも存在しないあの家と。

窓の前に立つと、また歌声が聞こえた。

ずっと、声のする家にはいるたびに感じていた。ここにはなにかいる、と。だから少し怖い。幽霊みたいなものとはちがうが、その声の主は僕よりずっと長い時間を生きて、いろんなものを見ている。

だが、同時に強く惹《ひ》かれる。逃れられない、と思う。巻きこまれたら命を落とすかもしれない、という気さえするのに。

家が歌っている。やっぱりなんの歌かわからない。でも、この声はきらいじゃない。

ここに住む。毎日この声を聞きながら。

大丈夫だろうか。この家に住んで、自分を保つことができるのだろうか。

不安を感じながらも、どうしようもなくこの家と声に惹きつけられていた。


―― 4 ――


家を出て一番街を歩いていると、うしろから木谷先生の名前を呼ぶ声が聞こえた。見ると、女の子が一生懸命こっちに手を振っている。

「あれ？　べんてんちゃん？」

僕は木谷先生に言って、女の子を指さした。三年のゼミ生松村果歩《まつむらかほ》だった。

「ああ、たしか彼女、川越に住んでるって……」

木谷先生に言われ、そういえばそうだった、と思い出した。ゼミの最初の自己紹介のときそんなことを言っていた。川越生まれの川越育ち。いまも川越の家から大学に通っている。家が銭洗弁天《ぜにあらいべんてん》のある熊野《くまの》神社の近くだから、ニックネームは「べんてんちゃん」。

三年はゼミにはいったばかりでまだ全員の名前は覚えきれていないが、彼女は目立って元気だったのと「べんてんちゃん」という強烈なニックネームのせいで記憶していた。僕たちが立ち止まると、べんてんちゃんが駆け寄ってきた。

「よかったあ、やっと気づいてくれた。さっきからずっと呼んでたのに、全然ふりかえってくれなくて」

べんてんちゃんは、ふあっと大きく息をつき、ははっ、と笑った。ショートカットにくるっとした目。いつも少しだぼっとしたチノパンかジーンズ。さばさばして、小柄だがボーイッシュなタイプだ。

「ここでなにしてたの？」

木谷先生が訊く。

「おつかいです。母に頼まれて、いろいろと。醤油《しょうゆ》とか鶏節《とりぶし》とか」

べんてんちゃんが答える。

「鶏節？」

「あ、鶏節というのはですね、鶏の胸肉を加工して、鰹節《かつおぶし》のように削ったものなんです。なかなかの人気商品なんですよ」

「へえ、鶏肉の削り節……おいしそうだね」

木谷先生が言った。

「はい、おいしいです。アミノ酸が豊富で、記憶力にもいいとか。ひとつお分けしましょうか？」

べんてんちゃんがレジ袋に手を突っこみ、ガサガサかきまわす。透明なパックを取り出し、差し出した。

「え、いいの？」

木谷先生はちょっと驚いた顔で受け取る。

「もちろん、いいですよ。母も先生に渡したんだったら文句ないと思いますし、帰りにもう一袋買ってきますから」

「ほんと？　じゃあ、遠慮なく。お母さんによろしくね」

木谷先生は鶏節の袋を自分のカバンに入れた。こうやってあっさり受け取ってしまうのも、先生の不思議なところだ。

「わたしは川越に住んでますから、しょっちゅうこのへんをうろうろしてますよ。それより、先生たちはなにしてるんですか？」

べんてんちゃんは僕たち三人を見まわした。

「いや、実はね……。こちら僕の大学時代の友人の島田。川越の人なんだけど、いま自分の土地にあった古い家を改修してたてね」

木谷先生が島田さんを指した。

「こんにちは。木谷ゼミ三年の松村果歩です。熊野神社の近くに住んでます」

べんてんちゃんがぺこっと頭をさげる。

「熊野神社の……ああ、だから『べんてんちゃん』なのか」

島田さんはくすっと笑った。

「松村って、もしかして、松村菓子店？」

「そうです、知ってますか？」

「うん、知ってるよ。子どものころはときどきカステラを買いに行ってた」

島田さんがにこっとする。

「なつかしいなあ。いまは僕自身は川越に住んでないんだよ。お店、変わってない？」

「はい。カステラもむかしと同じですよ」

「そうか、じゃあ、今日買ってこうかな。松村菓子店のカステラはすごくおいしいんだよ。店の奥で焼いててね、店頭のガラスケースのなかに、大きな四角い形のままはいってて、それをその場で切ってもらう。焼いているときは外までカステラの匂いがして……」

「そうそう、いまもそのままです」

べんてんちゃんが得意そうに答えた。

「ああ、ごめんごめん、話がそれてしまった。でね、いま、僕が改修したその古い家で木谷くんのお父さんの地図のコレクションを展示しようか、って相談してて……」

「で、院生の遠野くんに、その家の管理人として住みこんでもらおうか、って話になったんだよ」

木谷先生が僕を指して言った。

「ってことは、遠野先輩、川越に住むんですか?」

べんてんちゃんが僕を見る。

「うん。まだ完全に引っ越すわけじゃないけど。今月末に家に電気や水道が通るらしいから、そうしたらすぐ住みはじめることになると思う」

僕は答えた。

「そうなんですか。どのあたりですか?」

「『菓子屋横丁』の近くだよ」

木谷先生が答える。

「『菓子屋横丁』のどのへんですか?」

「門前横丁の小道からはいって……」

島田さんが場所を説明する。

「それってもしかして、大隅《おおすみ》のおばあちゃんが住んでた家じゃないですか？」

べんてんちゃんが言った。

「そう、よく知ってるね。たしか前に住んでた人は大隅さんって名前だったと思う。父が貸してたから、僕自身はくわしいことは知らないんだけど。君、知り合いなの？」

島田さんが驚いたようにべんてんちゃんを見た。

「はい。わたし、小学校のころ、門前横丁の近くの安藤《あんどう》さんって家によく遊びに行ってて……。その家にトモちゃんっていう同級生がいたんですよ。トモちゃんは小さいころよく大隅のおばあちゃんに面倒見てもらってたみたいで、わたしもよくいっしょに遊びに行きました。折り紙とか、お手玉とか、教えてもらったりして……」

べんてんちゃんは遠くを見る。

「それはすごい偶然だね」

木谷先生が驚いたように言う。

「そうでもないんですよ。このあたりは狭いから。みんな同じ学校に行くし、同じ世代の人たちはみんなどっかでつながってます。顔見ただけで、あの子はどこの子、ってすぐにわかっちゃうから、それがいやなとこでもあるんですけど……」

べんてんちゃんが苦笑いした。

「若いころはそういうしがらみが面倒なんだよなあ。僕もそうだった」

島田さんも笑った。

「ところで、そのおばあちゃん、いまどうしてるか知ってる？　おじいさんが亡くなったあと、おばあちゃんは息子さんの家に引き取られた、って聞いたけど」

「もう亡くなったそうです。トモちゃんから聞きました。三年くらい前、息子さんちの方で亡くなった、って」

べんてんちゃんがめずらしくしんみりした口調になる。

「そうだったのか」

島田さんがつぶやく。借りているあいだに亡くなればわかるが、家を出てしまえば縁が切れてしまう。その先のことはわからないのだろう。

「あの家、改築されたんですね。わたしが子どものころでも古い家だったけど……。そこに先輩が住む。なんとなく変な感じだなあ」

べんてんちゃんがくすっと笑った。

「でも、どんな感じになったのか、ちょっと見てみたいです」

「そうか、興味あるんだったら、今度ほかのゼミ生も誘って見にいこうか」

木谷先生が言うと、べんてんちゃんは、行きたいです、と声を弾ませた。

「そうだ、遠野くんの引っ越しの準備もあるだろうし、合鍵《あいかぎ》を作って、今度送るよ」

島田さんが木谷先生に言った。


木更津の家に帰り、電気をつける。

この家を出る。

いつかはそういう日が来ると思っていたが、こんなふうに突然機会がめぐってくるとは。川越にいたときは勢いに押されて自覚していなかったが、いろいろなことが急に決まって、まだ心が追いついていない。

だが、あの川越の家を思い出すと、あそこに住みたい、という強い気持ちが湧《わ》いてくる。あの歌うような声が耳奥で響く。この歌はなんだったか。よく聞く歌なのに、なぜか思い出せない。

移動が長かったこともあるのだろう。疲れていて、その日はそのまますぐに眠ってしまった。

5

島田さんはすぐに合鍵を作って木谷先生に送ってきたらしい。電気や水道使用開始の手配もし、二階と浴室の工事も決まったそうだ。

あの家のキッチンには造りつけのテーブルがあり、島田さんが入れた冷蔵庫もあった。だが、寝具は必要だ。一階にいるあいだはベッドを置くスペースはないから、祖父母が生きていたころ来客用に使っていた布団一式を持っていくことにした。

あとは僕が使っていた食器と衣類。この家もしばらくはそのままにしておくわけだから、服などはとりあえず使うものだけ持っていけばいい。

問題は研究にまつわる本や資料、論文だ。いつなにを使うかわからないから、すべて持っていくしかない。けっこうな量があるし、本棚も必要だ。

車を出してくれる親戚や知人はいない。引っ越し業者に頼むしかない。単身者用のパックを何社か問い合わせた。日にちも迫っているし、連休後半はどこもけっこう混んでいるようで、引っ越しは四月三十日と決まった。

翌日から、荷造りをはじめた。毎晩少しずつ、段ボール箱に本や資料を詰めていく。

いま使っているものはぎりぎりまで出しておかなければならず、その選別にも手を焼いた。うっかり必要なものを箱に入れてしまい、もう一度箱を開けて取り出す、などということも何度かあった。

結局、本と論文を詰めるだけで前日の夜までかかってしまい、引っ越しの前日は徹夜で衣類や食器をまとめる羽目になった。

朝いちばんの予約だったので、業者が来るのは七時。最後の段ボール箱に封をし、ちょっと休もうと思ったときに、トラックがやってきた。

業者の人たちは驚くほど手際がよく、呆気《あっけ》にとられているあいだに荷物は積み終わった。トラックの助手席に乗り、しばらく走っているといつのまにか眠っていた。

川越の家に着いたときには、すでに木谷先生と島田さんが来ていた。手伝いという名目で、なぜかべんてんちゃんもいた。

「なつかしいなあ……。でも、おばあちゃんが住んでたころとずいぶんちがいますね」

家にあがったべんてんちゃんがぼそっとつぶやく。

「うん、そうなんだ。ここはもともと島田の土地じゃなくてね。この家もうちが建てたものじゃない。家を建てたのは別の人で、うちはあとで家ごとこの土地を買った。で、あちこち改修して人に貸したんだと思う。改修を担当した建築士が、途中で手を入れたあとがある、って言ってた。今回の改修で、それを最初の形に戻したんだ」

島田さんが言った。

「最初の形……」

べんてんちゃんがなかをきょろきょろ見まわした。

「間取りはあまり変わってないけど、壁とか、いろいろちがいます。あのあたりはああいう壁じゃなくて木だったような……」

べんてんちゃんが玄関近くの漆喰《しっくい》の壁を指した。

「あそこは木目調のボードが張ってあったんだ。傷んで上の方が剝げちゃってたのを完全に剝がしたら、下から漆喰の壁が出てきた。その下は土壁なんだよ。土壁の上に漆喰」

島田さんが言った。

「当時は土壁とか漆喰が古臭い、みたいな風潮だったんじゃないかな。漆喰だったところに板が張ってあったり、あのあたりはその上に壁紙が貼ってあったんだ」

「そうだったんですね」

「今回、そのあたりはいったん全部剝がして、漆喰を塗り直したんだよ。床の間も、上に別の色の漆喰が塗ってあったけど、よく調べたら最初は黒だったみたいで、元に戻した」

島田さんの説明を聞きながら、べんてんちゃんは不思議そうに部屋のなかをながめていた。

段ボール箱から服や食器を出して収納する。本だけはあとにすることにして、部屋の隅に段ボール箱をそのまま積んだ。

あらかた片づくと、島田さんは電気、ガス、水道の使い方を説明して帰っていった。

僕たちは三人でべんてんちゃんが持ってきてくれた弁当を食べた。食事が終わり、お茶を飲んでいたとき、外から、ごめんください、という声がした。

「あ、たぶん安藤さんだ」

べんてんちゃんが立ちあがる。

「安藤さん？」

木谷先生が首をひねった。

「この前話したトモちゃんって子のおじいさんです」

「ああ、よくここにいっしょに遊びに来てた子の……」

「トモちゃんは東京で下宿してるんですけど、おじいちゃんおばあちゃんに、大学の先輩がこの家に越してくる、って話をしたら、家のなかを見てみたい、って言われて……。あがってもらってもいいですか？」

「もちろん、かまわないよ」

木谷先生がうなずいた。

べんてんちゃんが玄関に出て、戸を開ける。木谷先生と僕も立ちあがり、玄関に出た。外には白髪の男性がひとり、まぶしそうに目を細め、家を見あげて立っていた。

「こんにちは、どうぞおあがりください」

木谷先生が頭をさげる。

「どうも、失礼します。この近くに住んでおります安藤と申します」

上品でやわらかな口調だった。靴を脱いで板の間にあがる。安藤さんが、ほうっ、と息をつくのがわかった。

木谷先生が畳の部屋に案内すると、べんてんちゃんがもうひとつ座布団を出してきた。

「これは、きれいになりましたねえ。実は、工事してるのは知ってたんです。そのときからずっと気になってたんですよ」

安藤さんはぐるりと部屋のなかを見まわす。

「おじいちゃんは、大隅のおじいちゃん、おばあちゃんのこともよく知ってるんだよね」

べんてんちゃんが安藤さんに訊く。

「まあ、むかしからご近所だったからね。大隅の家の人のことは少しはわかるよ。最初はご夫婦とお子さんがひとり。ここに越してきたのは、わたしが中学生のときだったから、昭和三十年ごろかなあ」

安藤さんが思い出すように遠くを見る。

「それから下にふたり生まれて、三人になった。上ふたりが男で、いちばん下は女の子だった。男の子ふたりがしょっちゅうケンカして、にぎやかだったなあ。三人とも成長して家を出て、そのあとは夫婦ふたりだけで住んでたんです」

「そうか。わたしが遊びに来るようになったときは、もうおじいちゃんとおばあちゃんだけだったけど……」

べんてんちゃんがしみじみ言った。

「おだやかなご夫婦でした。とくに奥さんはねえ。年取ってからは、近所の子たちにお手玉とかおはじきを教えたり」

「おばあちゃん、お手玉すごくうまかったから。三つでも四つでもできたんですよ。トモちゃんもわたしも、ずいぶん練習したけど、なかなかできなくて」

「そうだったねえ。ふたりとも、ときどき長い時間あがりこんじゃって……」

安藤さんが笑った。

「おばあちゃん、やさしかったからなあ。行くといつもお菓子があって」

べんてんちゃんは足を前に伸ばし、ぱたぱたっと動かした。

「先に旦那さんが亡くなったんですよ。ここは借家で家賃も払わなくちゃならないし、おばあちゃんひとり置いとくわけにもいかない、って言って、ご長男の家に行かれたんですよ。それからも年賀状はやりとりしてたんですけど、三年ほど前に、亡くなった、と知らせが来ました」

「あのときは、悲しかったなあ。トモちゃんとこの家の前に来て、おばあちゃんにはお世話になったよね、って」

べんてんちゃんがつぶやく。

「ほんとに。妻も、どこか行ったときには必ず、大隅の家にお土産《みやげ》買ってましたねえ」

安藤さんが天井を見あげながら言った。

「どうぞ」

木谷先生が安藤さんにお茶をすすめた。

「これはありがとうございます。いただきます」

安藤さんが湯呑みを手に取った。

「大隅のおばあちゃんが住んでたころと、だいぶ変わったでしょ?」

べんてんちゃんが安藤さんに訊く。

「そうだなあ。あのころとはね。でも……」

安藤さんがお茶を一口飲み、息をついた。

「最初はこんな感じだった」

目を伏せ、つぶやくように言った。

「最初？」

「そう。大隅さんがここにはいる前ね。この家を建てた人たちが住んでたころは、こんな感じでした。ずうっと忘れてたけど……いまここに来て、思い出しましたよ」

「安藤さん、最初に住んでた人たちのこともご存じなんですか？」

木谷先生が訊いた。

「ええ、知ってます」

安藤さんが顔をあげ、うなずく。

「いまの持ち主の島田から聞きました。ここはもともと島田の家の土地じゃなかった。最初に住んでた人が出たとき、島田の家が土地を家ごと買って、改築して人に貸した。それを今回の改修で最初の形に戻したそうです。ただ、島田自身は若いころに川越を出てしまっていて、この家のことも相続するまではなにも知らなかったようで……」

木谷先生が言った。

「なるほど、そういうことだったんですね。覚えてますよ、ここに最初に住んでいた人のこと。東京の空襲で家をなくしたご家族で……。戦後すぐのころだったと思います」

安藤さんが湯呑みを手で包むように持つ。

「川越は大規模な空襲にあわなかったから、建物も町もさほど被害がなかった。そのご家族は、東京大空襲で家が焼けてしまって、こっちに越してきたんですよ。たしかその前は、東京の品川《しながわ》だったたか、大森《おおもり》だったかなあ、そっちの方に住んでたって聞いたような……」

安藤さんが、うーん、と首をひねった。

「家が焼けちゃったあとも、最初は、それまでの家の近くで暮らしてたらしいんですよ。知人に土木関係の仕事の人がいて、大きな土管を持ってきてくれたとかで……。土管、って、若い人はわかるかな？」

安藤さんがべんてんちゃんと僕を見た。

「ええ。土に埋めて、下水管に使うコンクリートの円筒のことですよね？」

僕が答えると、べんてんちゃんもうなずいた。

「そうそう。土管のね、すごく大きいやつ。なかで人が立てるような。その土管に、拾ってきた畳を入れて、しばらくそのなかで生活してたんだって聞きましたね」

「そんなことが……」

木谷先生が目を丸くした。

「とりあえず雨風はしのげますからね。頑丈だし。そこで寝泊まりして、水道なんかはどっかで借りてたんでしょうかね。でも、いつまでもそこには住み続けられない。それで、川越に住んでる遠い親戚を頼って、ここまで来たらしいんですよ」

安藤さんは言った。土管に住む。想像もつかないが、すべてが焼けてしまって、そうするしかなかったのだろう。

「その親戚が、川越で商売をしてたらしくて……」

「商売ってなんの？」

べんてんちゃんが訊いた。

「それがねえ、なんだったかよく覚えてないんだよ。わたしも子どもだったからね。わたしの親が生きてたら知ってたかもしれないけど」

安藤さんが首をひねった。

「ともかく、その家族ははじめは親戚の家に住みこんで、しばらくしてここに家を建てたんです」

「どんな人たちだったの？」

「品のいい、きっともとはいい家だったんじゃないか、って思わせるような人たちでね。

わたしと同じ年の女の子がいて、小学校がいっしょだった。その子のことはよく覚えてる。きれいな子だったからかな」

安藤さんがくすっと笑った。

「六年生のとき同じクラスだったんですよ。身体が弱かったみたいで、学校は休みがちでしたが、賢い子でね。成績はとてもよかった。一度だけ、その子が休んだとき、この家に宿題を届けにきたことがあるんです。両親とも親戚の家で働いていたし、きょうだいもいない。その子ひとりしかいなくて。土管に住んでた話はそのとき聞きました」

「そうだったんだ」

べんてんちゃんがうなずく。

「あのときのことを思い出すと、いまでもなんだか不思議な気持ちになる。家にはいったら、きれいな歌声が聞こえてきてね。ごめんください、って言ったら声がやんで、その子が二階からおりてきた。だれかほかにいるの、って訊いたら、だれも、って。じゃあ、さっきのはひとりで歌ってたのかな、と思ったけど、訊かなかった」

歌……？

この家で聞こえる歌のことを思い出し、はっとした。

「澄んでいて、さびしいような、不思議な声だった。まだ小学生だったから、そんな繊細な歌声を耳にしたことなんてなかった。だから驚いてしまった。それでなにも言えずに立ち尽くしていたら、その子、お茶を出してくれたんだ。ますますびっくりしたよ。わたしは自分で客にお茶を淹れたことなんかなかったから」

「いい家の子だったからでしょうか」

「そうかもしれませんねえ。とにかく、女の子ひとりしかいない家を訪ねたことなんてなかったですから、それだけで緊張してたのかもしれませんね」

安藤さんはくすっと笑った。

「部屋のあちこちに見慣れない古いものが置いてあって、なんだかわからないけどすごくめずらしくて。きょろきょろながめていたら、その子がいろいろ説明してくれるんですよ。これは武家からもらった重箱、とかね」

「武家からもらった？」

木谷先生が訊く。

「ええ。何々家、とかくわしく話してくれたけど、覚えられなかった。むかしその子のおじいさんだかひいおじいさんだかが武家に奉公に出ていて、空襲で家が焼けたのを気の毒がった奉公先の武家の子孫がくれたとかなんとか……」

「どんな重箱だったんですか？」

「漆でね。蒔絵《まきえ》とか螺鈿《らでん》の細工のついた……。そこまで高価なものじゃないかもしれませんが、なかなか立派な造りでした。五段のお重で、一段ごとにちがう絵柄の蒔絵が施されてて……」

安藤さんが目を閉じる。

「ああ、たしか、海の生き物の絵だったなあ。蓋《ふた》には魚と海藻、水の流れが描かれていて、あちこちに螺鈿が埋められてました。それから、蟹《かに》とか、海老《えび》とか、一段ごとにいろんな生き物が描かれてて……。彼女は、それを一段ずつ説明してくれたんです。魚の名前とか、海老にはこんな意味があるとか、暗記してるみたいに」

「小学校六年生で、すごいですね」

木谷先生が驚く。

「賢かったんだね」

べんてんちゃんも言った。

「うん。わたしもそう思ったよ。どこでそんなこと知ったんだろう、って。うちにもそういう古い器はいろいろあったけど、わたしは全然関心がなかったから、その子がすらすら説明するのを聞いて、この子、何者なんだろう、って」

どんな子だったのだろう。身体が弱くて、ものしずかで、きれいで……。そんな女の子がむかしここに住んでいた。部屋のなかをぐるっと見まわす。

「でね、飾られてるもののなかに、古い羅針盤《らしんばん》があったんです」

「羅針盤？」

べんてんちゃんがはっと安藤さんを見た。

「そう、羅針盤。外国製のね。かっこいいなあ、って思ってじっと見てたら、あげる、って言うんですよ。なんで、って訊いても、いいから、あげる、の一点張りで。気に入ったなら持ってて、って言い張る。こんな高そうなもの、親がいないときにもらえない、盗みみたいになっちゃうから、って断って」

「それで、どうしたんですか？」

僕は訊いた。

「結局受け取りませんでした。なんだか少し怖くなってしまったのもあります。彼女はがっかりした感じでしたが」

安藤さんは目を閉じた。

「外に出たとき、なんだか夢から覚めたみたいな……いつのまにかすっかり日が暮れていて、竜宮城から戻った浦島太郎のような気分で、ふりかえったらもう家がないんじゃないか、って思ったりしました」

「不思議な体験だったんだね。でもなんで羅針盤をあげるって言ったんだろう」

べんてんちゃんが首をかしげた。

「うん。そのときは変だなあ、と思っていたけど、しばらく経って、意味がわかったんですよ」

安藤さんがうつむく。

「その家、そのあとすぐに夜逃げしてしまったんです」

「え？　夜逃げ？」

べんてんちゃんが目を丸くした。

「そうなんだ。くわしいことはわからないんだけど、たしかその親戚の家もいっしょにどこかに行ってしまったんだって聞きました。商売が失敗したのかなあ。子どもでしたから、くわしいことは教えてもらえなかった。とにかくある朝見たら家はもぬけの殻。身のまわりのものだけなくなっていた」

「じゃあ、見せてもらった重箱は……」

木谷先生が訊いた。

「さあ、どうしたんでしょうねえ。荷物はあまり持っていけなかったと思いますよ」

「そうですよね」

「実は、その朝、学校のわたしの荷物入れに新聞紙の包みがあって、開けてみたらその羅針盤がはいっていたんです。そのときはまだ、夜逃げのことを知らなかった」

「それで、どうしたんですか？」

「返そうと思ったけれど、彼女は学校に来なかった。それで仕方なくそのまま持ち帰ったんですよ。家で包みのなかをよく見たら、羅針盤の下から手紙が出てきて、事情でもう会えない、これは大事に取っておいてください、って書かれてた。それであわててこの家まで走った。でもだれもいなくて、近所の人が噂《うわさ》してるのを聞いたんです。彼女の家が夜逃げした、って」

「それで、羅針盤はどうしたんですか？」

木谷先生も身を乗り出す。

「もう、仕方ないですよね。親に言ったら面倒なことになりそうだから、引き出しの底に入れて、ずっと隠し持ってた。彼女の家は建物も家財も、あとで全部競売にかけられたそうです。建物は島田さんのところが買い取ったんですね。それで、少し改築して、貸しに出した。そのあと、大隅さんの家族がはいったんです」

「そういうことだったんだ」

べんてんちゃんがつぶやいた。

「調度品も、そんなに高価なものはなかったんだと思いますよ。二束三文でどっかの骨董《こっとう》屋が持ってった、って聞いた気がします」

「悲しい話ですね」

木谷先生が言った。彼女が大事そうに話していた重箱も、どこかに売られてしまったのだろうか。

「そうですねえ。まあ、でも戦後はどこもいろいろありましたからね」

安藤さんが大きく息をついた。

「いま思うと、彼女は夜逃げするのを知ってたんだと思うんです。家にあるものを必死に覚えていたのも、しばらくしたら人手に渡るってわかっていたから。そう考えるとね、羅針盤も、せめて自分の知っているだれかに手渡しておきたかったのかな、って」

「ほんとに賢い子だったんですね」

「ええ。聡明《そうめい》で思慮深かった。いまでも羅針盤を見ると、その子を思い出すんです。夜逃げした家のものですから、ゲンが悪いような気もしたんですが、なぜか仕事のことで迷ったとき、その羅針盤を見る癖がつきましてね」

安藤さんが窓の外をながめた。

「羅針盤ですから、針は必ず北を指す。それを見てると落ち着く。行くべき場所が頭のなかで定まってくる」

「たしかに。そうですね」

木谷先生がうなずく。

「うちはむかし写真館だったんですが、三十年前、父が引退したときに店を閉じました。でも土地を遊ばせておくわけにもいかない、って、喫茶店をはじめることにしたんです。そのとき店の名前を『羅針盤』にしました。まあまあ繁盛して……。いまもなんとかやってる」

安藤さんがにっこり笑った。

「もしかして、店に飾られている羅針盤は……？」

べんてんちゃんが訊いた。

「そう。彼女からもらったものだよ。わたしが今日こうしているのも、あの羅針盤のおかげ。もし会うことがあったら、彼女に感謝したいですよ」

日が雲に隠れたのか、一瞬ふわっとあたりが暗くなり、またあかるくなった。

「やれやれ、すみません、長話をしてしまって」

「いえ、興味深い話でしたよ。聞けてよかったです」

木谷先生が微笑む。

「こちらもね、なかを見せていただいてうれしかったですよ」

「またいつでもお越しください」

「どうも、お邪魔しました」

安藤さんがゆっくり立ちあがる。みんなで玄関まで送っていった。


―― 6 ――


少し片づけものをしたあと、木谷先生とべんてんちゃんは帰っていった。路地を抜け、菓子屋横丁の道に出たところまで送り、礼を言った。べんてんちゃんは妙に心配した様子で、先輩、ひとりで大丈夫ですか、と言った。

「大丈夫って、なにが?」

僕は訊きかえした。

「いえ、大丈夫っていうのも変ですけど、古い家だし、夜になると怖くないかな、と思って。お化けとか、出そうじゃないですか」

べんてんちゃんが真剣な顔で言う。

「お化け……?」

「あ、いえ、お化けがいるとか、本気で思ってるわけじゃ、ないですよ」

べんてんちゃんがあわてたように両手を振る。

「いやいや、わかるよ、言いたいこと。たしかに古い家とか町って、夜になると変わるよね。昼間はしずかで落ち着くのに、日が暮れると妙にざわざわしてくる」

木谷先生が笑った。

「大丈夫ですよ。古い家にひとりっていうのには慣れてますから」

僕は答えた。木更津の家だって築年数でいえば五十年近い。祖父が亡くなってからはそこでひとりで暮らしてきたのだ。

「そうなんですか。やっぱり、先輩は仙人なのかなあ」

べんてんちゃんがつぶやく。

「仙人？」

「四年の先輩が言ってたんですよ、遠野先輩は仙人みたいな人だから、って」

「ああ……」

そういえば、よく四年からそう言われていた。

「仙人はかわいそうなんじゃないの、遠野くん、まだ二十代前半だよ」

木谷先生があわれむように言う。

「いえ、悪い意味じゃないと思うんですけど……」

べんてんちゃんが苦笑いした。たしかにこの年で仙人呼ばわりはないな、とも思うが、おかげで就活や恋愛や家族のことを相談されるようなこともなかったし、ややこしい人間関係に近づかずにすんでいた。

「ともかく、なんかあったらわたしに電話してくださいね。自転車なら五分かからずに来られますから」

べんてんちゃんがやけにたのもしい口調で言った。

ひとりになると、急に家のなかがしんとした。テレビも持ってこなかったし、音が出るものはなにもない。

――お化けとか、出そうじゃないですか。

べんてんちゃんの真剣な顔を思い出し、くすっと笑った。

疲れていたが、明日は大学に行かなければならない。ゴールデンウィーク中だが、一日、二日は暦通りに授業がある。すぐ使うものは今日のうちに整理してしまおう。そう思って、段ボール箱を開けた。

本棚に本を入れたり、資料を引き出しにしまったり、細々した片づけをしていると、また家が歌いはじめた。調子っぱずれだが、楽しそうだ。

怖い声じゃないらしいな。

最初に聞いたときからそんな気はしていた。悪意のようなものは感じられない。むしろ人なつっこい雰囲気だ。楽しそうな歌声を聞いていると心がゆるんで、少し笑いそうになった。

家の歌をBGM代わりに作業する。僕も合わせてなんだかわからない歌を口ずさむ。すると、僕の声が聞こえるのか、家の方もますます上機嫌になって、歌い続けた。

気がつくと九時半になろうとしていた。いけない、銭湯に行かないと。朝早くから荷物を運んだりしてかなり汗もかいていたし、風呂にはいりたかった。

さっきべんてんちゃんから聞いた話だと、この近くの銭湯は十時半までらしい。駅の方まで行くと二十四時間営業のスーパー銭湯のようなものもあるが、遠いし高い。さっとはいるだけだし、いまから出れば間に合うだろう。

あわてて風呂の道具だけ持って外に出た。道に出ると、意外な暗さとしずけさに息を呑んだ。昼間とは全然ちがう。菓子屋横丁も暗く、しずまりかえっている。

川越は東京から近い。昼間は観光客がたくさんいてにぎやかだが、宿泊する客はあまりいないのだろう。店はすべて閉まり、通りもひっそり暗かった。

たしかにお化けが出そうだなあ。べんてんちゃんの真剣な顔を思い出す。

べんてんちゃんの書いた地図を頼りに、高澤通りに出た。そのまま右側に歩いて行く。一番街と交わる札《ふだ》の辻《つじ》を通り過ぎてさらに行くと、銭湯の煙突が見えた。煙突には旭湯《あさひゆ》と書かれていた。瓦屋根の木造建築。むかしながらの銭湯だ。

暖簾《のれん》をくぐり、なかにはいった。お客さんもけっこういる。お湯に浸《つ》かると、身体があちこち痛み、意外と疲れているのがわかった。

帰り道、高澤通りからふらふらと一番街にはいった。店の灯《あか》りはほぼ消えている。瓦の屋根に黒い壁。時の鐘という鐘つき堂。ドラマに出てくる江戸の町のようだ。そして、木谷先生が言っていたように、昼間とはちがう気配が漂っている。横丁の角から物《もの》の怪《け》が出てきてもおかしくないような気がした。

ときどきかすかに家の声が漏れてくる。なかには少し怖い声も混ざっていて、自分の身体の細胞がざわざわと騒ぎだすのがわかる。

この前通った門前横丁とは別の小道にはいり、養寿院の前を通り、高澤通りへ。左に折れて、高澤橋《たかざわばし》の前で曲がって、新河岸川《しんがしがわ》に沿って歩いた。左側にある見立寺《けんりゅうじ》には高い木が茂っている。星がきれいで、暗く、しんとしていた。

ここは古い土地なのだ。古いものが残って、積み重なっている町。昼間は生きている人たちのにぎわいで埋め尽くされて見えないけれど、ここにはかつていた人たちの気配が色濃く残っている。暗くなるとそれが滲《にじ》み出す。

なにをしているのだろう、僕は。寝不足で疲れきっているはずなのに、闇に誘われるようにふらふらとさまよっていた。このままではほんとうに別の世界に引きこまれてしまうかもしれない。

身体がすうっと冷え、気持ちも覚めた。もう帰らなければ。せっかく風呂で温まったのに、意味がない。だが、まだ少し高ぶった気持ちが残っていて、裏道をわざと迷いながら歩き、菓子屋横丁の方に向かった。

玄関の戸を開けてなかにはいる。電気をつける。

身体にまとわりついていた闇の気配がさっと消えた。人心地つき、冷蔵庫からビールを出した。べんてんちゃんが持ってきてくれた弁当の残りをつまみながらビールを飲んでいると、帰ってきたときはしずかだった家が、また歌いだした。

昼間安藤さんから聞いた、むかしここに住んでいた女の子の話を思い出した。家にあるものをかたっぱしから記憶していたのは、ここでの暮らしを忘れないためだろうか。当時

は写真を残すのもむずかしかっただろうし、持っていけないなら、頭に刻みこむしかなかったんだろう。

どういう事情があったのかはわからない。むかしのことだ。土管に住んでいたとか、奉公に出た先から重箱をもらったとか、想像もつかない。

安藤さんは、その子はよくひとりでこの家にいたらしい、と言っていた。ひとりで過ごす時間が長かったなら、家とも特別親しかっただろう。きっと離れたくなかっただろう。忘れたくなかっただろう。

目の前にすうっと、むかし自分が住んでいた家が浮かんだ。

父母と暮らした家。

父母が亡くなってから、遠野の祖父が迎えに来るまで、僕はしばらく風間の家で暮らしていた。学校の帰りには必ずもとの家を見に寄った。家の前まで来ると、なかにはいればそれまでの暮らしが待っているような気がした。

父がいて、母がいる。家族三人で夕食をとり、風呂にはいる。そんななんでもない日々が。

だが実際には家はしんとして、暗かった。家もじっと黙っていた。

なぜ喋《しゃべ》らないのだろう。もう声はなくなってしまったのか。家から声がなくなる。自分の魂もなくなってしまう気がして、走って祖母のところに戻った。

遠野の家に引っ越すことになり、荷物をまとめるように言われた。祖母は僕をもとの家に連れて行って、鍵を開けてくれた。

久しぶりに自分の家にはいり、僕は泣きだしそうになった。祖母が僕をぎゅっと抱きしめた。

——それじゃあ、今日は一晩ここに泊まろうか。

祖母が言った。

それから荷物を造りはじめた。僕がふだん着る服は、ほとんど風間の家に持っていっていた。夏だったから、冬の上着は家に置いたままだったが、成長して、どれもはいらなくなっていた。それでも、母が買ってくれた上着を置いて行く気にはなれず、荷物に入れて、と祖母に頼んだ。

——はいりきらなかった分はね、おばあちゃんちに置いておくよ。ずっととっておくよ。だからね、来ればまた見られるから。

祖母に言われ、僕は、わかった、とうなずいた。

僕の荷物なんてものは数えるほどしかない。ぐずぐず迷ったり、しぶったりしていたが、服や学校関係で必要なものは、夕方にはだいたい詰め終わっていた。

――あとはね、守人が持っていきたい、思い出の品も詰めようね。

祖母はそう言った。僕はぐっと黙った。

――好きな本とか、お父さんお母さんの思い出の品とか……。

祖母は口ごもった。

――うん……。

僕はうつむいた。考えたくなかった。どれを持っていき、どれを置いていくか。どれも大事に決まっていた。小さいころのおもちゃや、絵本。もう遊んだり読んだりすることはないけれど、なくなってしまうのはいやだった。

自分の部屋の真ん中で、途方に暮れてしゃがみこむ。

できるだけたくさん詰めよう、と思った。だが、詰めようとすると手が動かなくなる。詰める、ということは、ここから出ていく、ということを意味していた。やりたくなかった。ぐずぐずと手を動かすが、作業はいっこうに進まない。祖母が手伝ってくれて、なんとか箱に詰めはじめた。

納得がいかなかった。これじゃじゅうぶんじゃない。家の壁に書いてしまった落書きや、柱にみんなでつけた背の高さの印。そんな、絶対に持っていけないものも、ほんとうは持っていきたかった。

両親の思い出の品を選ぶのはもっとむずかしかった。
――辛いかもしれないけど、持っていかなかったら、なくなってしまうんだよ。だから
なんでもいいから、持っていきな。
祖母はそう言って僕の背中を押した。両親の部屋にはいって、なににしようか迷った。
服？　タンスのなかの服はどれも見覚えがあって、父と母の匂いがした。服のなかに埋
もれて、なにもかも忘れてしまいたかった。
考えて考えて、でもなにも思いつかなくて、ただ立ち尽くしているうちに、祖母が、母
がよくしていたスカーフと指輪、父の本棚の本や腕時計を選び、小さな箱に入れようとし
た。
――ダメだダメだ。それをそんなふうにこの家から切り離しちゃダメだ。
僕は叫んで、祖母にすがりついた。泣いていた。
祖母も泣きながら、僕の頭をなでた。
――ごめんねえ、ごめんねえ、おばあちゃんがもっと若かったら……。
祖母はなにも悪くない、と知っていた。泣いてはいけない、泣いてもどうにもならない、
とわかっていた。それでも涙がとまらなかった。
――なんで？　なんでだ。なんで……。

なにを訊いているのかわからないまま、うわあっと泣いた。

そのとき、家の声がした。

うおおおおん、うおおおおん。

泣いているような声だった。

久しぶりに聞く家の声に驚き、僕は一瞬泣くのをやめた。家の声も少ししずまった。だが小さく、波のように泣いている。その声が身体にしみこんでくるようで、じわっと涙が出た。ぽろぽろとこぼれるように涙が落ちた。

その夜、祖母とその家に泊まった。遅い夕食をとり、風呂にはいる。ぽかあんとさびしい気持ちで浴室の天井を見あげた。空っぽだなあ、と思った。

床につくと、また家の声がした。やさしく、おだやかな声で、子守歌みたいだった。

頭のなかをぐるぐる思い出がめぐって、父も母も家もないのに、もうこれ以上なんで生きていなくちゃいけないのか、よくわからなくなった。祖母の寝息が聞こえて、そばにぴったりくっついて目を閉じた。

数日後、遠野の祖父がむかえに来た。遠野の家は新興住宅地のなかの建売住宅だった。一九七〇年代に開発されたニュータウンで、住人は高齢化し、空き家もけっこう目立つようになっていた。道路がやたらと広く整っていて、ずらりと並んだ家が寒々しく見えた。

比較的近くの土地が新たに開発され、マンション群が建ちはじめていたところだったので、転入先の小学校には、そのマンションの子どもたちがたくさんいた。だが、以前住んでいた所沢の子たちとはかなり雰囲気がちがい、僕はまったく馴染《なじ》めなかった。学校と塾と家の三ヶ所を行き来するだけの日が続いた。どこにも行き場がなく、息が詰まるような日々だった。風間の祖母からは、いつでも戻っておいで、と言われたが、連絡することは祖父に禁じられていた。家に行くなど、論外だった。

祖父は風間の家をきらっていた。自分のもとを離れ、企業人にならなかった父のことを許せなかったのだろう。祖父にとっては父は人生の落伍者《らくごしゃ》で、風間の家は父をダメにした張本人だった。

僕に対しても、ことあるごとに、お前は父親のようになるな、と言った。そのたびに身を切られるようだった。だが口答えはできない。ただじっと心を石のようにして、話が終わるのを待った。

祖父に厳しく叱られ、家出を試みたこともある。小学校五年生のときだった。もうそのころにはひとりで電車に乗ることもできたから、土曜日、塾に模擬試験を受けにいくふりをして、電車に乗って、前の家に向かったのだ。

計画的な犯行だった。前もって路線図を調べ、電車での行き方を予習しておいた。駅を出ると見覚えのある風景が広がり、馴染みのある空気に、心も身体も軽くなった。

飛び跳ねるように駅前の道を走り、小学校の前を走り抜け、毎日通った道を走って、家に戻った。

なにもかもなつかしくてたまらなかった。建ち並ぶ家も、よく遊んだ公園も、はいりこんでは叱られた駐車場も、友だちの住んでいたマンションのピロティも。なにもかも以前のままだった。

父や母と歩いた記憶がよみがえり、声が聞こえたような気がした。

そして、いつもの角を曲がったとき、僕は呆然《ぼうぜん》と立ち尽くした。

なかったのだ。

僕たちの家のあった場所は更地《さらち》になり、建築予定の立て札が立っていた。

なにが起こったのかわからなかった。家を相続したのは僕だが、後見人は遠野の祖父だった。僕に相談すれば抵抗するに決まっている。だから祖父の判断で処分した。理屈は理解できる。

だが、わからなかった。あの家がもうこの世界に存在しない、ということがどうしても呑みこめなかった。父や母がいなくなったときと同じように。

僕の頭のなかでは、家はいつまでもあるはずだった。たとえ空き家でも、ほかの人が住んでいたとしても、家自体は同じ場所に同じように建っているはずだった。

しゃがみこみ、地面を見つめた。涙がぽたぽたと垂れ、地面に黒い染みを作る。自分もいなくなりたい、と思った。この世界から消えてしまいたい、家や両親と同じように。

この家での出来事がぐるぐると頭をめぐった。父と母。そして家の声。帰りたかった。歯噛《はが》みし、膝をつき、土をなでた。

ふっと光が差しこんできた気がして、顔をあげた。

家が建っていた。あのころと同じように。立ちあがり、家の方に進む。門を開けて、庭にはいった。父が木で作ったブランコが揺れている。ああ、そうだった、いつもこれに乗って遊んだんだっけ。

緑が生い茂り、濃いピンクのサルスベリの花のまわりを大きなアゲハ蝶《ちょう》が飛んでいた。僕は手に捕虫網をもっている。捕虫網を振り、蝶をとらえる。やった、と思い、網の方に近寄る。

網のなかでばたばたともがく蝶を見たとたん、痛ましくなって網をあげ、蝶を放した。蝶はひらひらと飛んで見えなくなる。

はっと我にかえった。目の前には更地が広がっている。まぼろしだったのか。だが、あれは全部ほんとにあったことだ。たしか二年生の夏。僕はひとり庭で遊んでいて、蝶をとらえ、放した。

青い空、家の茶色の壁、窓に揺れるカーテン。

全部ほんとにあったことだ。

だが、いまはもうなにもない。あの家は、もうどこにもない。

立ちあがり、祖父の家に戻った。自分は子どもなのだ、と思った。なにもできない子どもだから、あきらめて祖父の言うことにしたがうしかない。

あとのことはよく覚えていない。心のどこかがぽっきり折れて、なにもかもどうでもよくなっていたのだろう。何時に家に帰ったのか。模試をさぼったことをとがめられたのか。全然思い出せない。だがあのとき、自分のなかでなにかが変わった。帰る場所がある、という甘えは捨てた。そして、祖父に対して、かたく心を閉ざした。

布団を敷き、横たわると、家の声がした。歌っている。なんだろう。むかしよく聞いたメロディーが混ざっていることに気づいた。

月……。

ふっと思い出した。ずいぶん調子が外れているが、これは「月」じゃないか？

出た出た　月が
まるいまるい　まんまるい
盆のような　月が

知らず知らず、僕も鼻歌を歌っていた。家がぴたりと声をひそめる。僕の歌を聞いているみたいに。

家も僕らの話を聞いているのだろうか。

子どものころそんな疑問を持ったことを思い出した。家は僕らの話していることを聞いているのだろうか。意味を理解しているのだろうか。家の声の正体はなんなのだろうか。考えても答えは出なかったけれど。

僕が黙ると、家はまた歌いだした。「月」だ。今度は少しマシだ。リズムもメロディーも、ほんとうの歌に近づいている。僕の歌を聞いたからだろうか。

家は忘れてしまっていたのかもしれない。むかし覚えたけれど、長いこと聞いていなかったから。それで調子が外れていたのかも。

そんなことを考えながら、しばらく家といっしょに歌っていた。

7

日の光で目が覚めた。ガラス戸から光が差しこんできている。家の雰囲気からしてカーテンのようなものは取りつけられない。これからは眠る位置を調整するしかないな、と思った。

起きあがると空腹だった。考えてみると、昨日は弁当の残りをつまんだだけで、ちゃんとした夕食はとっていない。べんてんちゃんの差し入れはすべて食べてしまったし、家にはほかに食べものはなかった。

なにか買ってこないと。昨日ふらふら歩いたときのことを思いかえしてみたが、一番街にコンビニはなかった気がする。景観を守るために作れないのだろうか。とはいえ、これだけの町だ。さすがにどこかに一軒くらいあるだろう。

あのときは引っ越しで疲れて頭がふわふわしていたし、コンビニが目にはいっても、認識できていなかったのかもしれない。

昨日の夜のことを思い出すとすべてが怪しく、銭湯に行ったところから夢だったのかもしれない、という気もしてくる。

流しで顔を洗い、着替えた。家はしずかだ。

そういえば子どものころから、午前中に家の声が聞こえることは稀《まれ》だった。昼間はずっと黙っているというわけではないが、よく喋るのは夕方から夜。そう考えると、家の声もやはり物の怪の一種なのかもしれないなあ、と思う。

昨日の夜、父母と暮らした家のことを思い出したりしたのも、そういう怪しい力によるものだったのかもしれない。寄る辺《よるべ》ない気持ちに襲われたが、こうして日が差しこんでくると、気持ちも晴れてきた。空腹も、生きている証《あか》しだ。

上着を着て外に出る。路地を抜け、菓子屋横丁の道に出た。高澤通りに出るか、一番街の方に向かうか。左右をきょろきょろ見ていて、はっとした。通り沿いのパン屋さんに人がはいっていく。

開いてる？

まだ八時前だが、お客さんらしい人が紙袋を抱えて出てくるのも見えた。この前大量にパンを買っていた木谷先生から、あそこのパンはすごくおいしいんだよ、と聞いていた。パン屋さんだから朝早いのかもしれない。開いてるならコンビニよりずっといい。

パン屋さんの前に立つ。となりには小さなテラスがあって、買ったパンを食べることができるらしい。向かいには同じ店が経営しているサンドイッチ屋さんもあった。二階はイートインスペースと書かれている。

どちらもおいしそうで、どっちに行くか迷った。ひとまずパン屋さんの店頭に並んだパンをながめ、いったん外に出てサンドイッチ屋さんのショーケースをながめた。具だくさんのかなり分厚いサンドイッチだ。

「遠野先輩」

うしろから声がして、ふりむくとべんてんちゃんがいた。

「あれ、べんてんちゃん、おはよう。なにしてるの？」

「先輩の様子、見にきたんですよ。ねずみにひかれていっちゃってないか心配で」

べんてんちゃんがくすっと笑う。

「ねずみにひかれる？」

「あれ、そう言いません？　うちの母はよく言うんですよ。ひとりで留守番するときとか、ねずみにひかれないようにね、って。家のなかで神隠しにあう、みたいな意味らしいですよ。なんかわけのわからないものに引っ張られて、消えてしまう、みたいな。子どものころは、ねずみがたくさん来て人間を引っ張ってくのを想像して、なんかかわいいなあ、引っ張られてみたいなあ、なんて思ってましたけどね」

「へえ。神隠しか。うん、ちょっと引っ張られそうになったかもな」

昨日の夜のことを思い出し、ぼそっと言った。

「え、ほんとですか？」

べんてんちゃんが目を丸くする。

「いや、でも、大丈夫だったみたいだ。えらくお腹《なか》は空《す》いてるけど」

僕は笑った。

「遠野先輩も仙人じゃないってことですね」

「あたりまえだよ。そういえば、銭湯のこと聞いといてよかった。昨日さっそく行ったよ。ありがとう」

「ああ、よかったです。十時半までだから、間に合ったかどうか気になってました」

べんてんちゃんがほっとしたように笑った。

「むかしは菓子屋横丁のとなりにも銭湯があったみたいなんですけどね」

「へえ、どこ？」

「菓子屋横丁から高澤通りに出て左側に、空いてる場所があるでしょう？」

「うーん、そうだったかな」

昨日の夜、川の方に行ったとき、そんな場所があった気もする。だがはっきりとは覚えていなかった。

「まあ、そのあたりも今度案内しますよ。とりあえず、朝ごはん食べようとしてたんですよね。わたしもいっしょにいいですか」

「もちろんかまわないけど……」

「よかったー。実は、ここに来る前から、先輩をこの店に誘おうと思ってたんですよ。久しぶりにこのお店のパンを食べたくて」

「そうだったのか。さっきからずっとサンドイッチにするか、パンにするか迷ってるんだよ。どっちがいいかなあ」

「それは迷いますね。栄養のバランス、ってことでいうと、サンドイッチの方がいいかもしれませんし、朝はやっぱりおしゃれな菓子パン、という考え方もある」

べんてんちゃんが真剣な顔で腕組みした。

「じゃあ、両方買ったらどうでしょう？　サンドイッチをひとつ、パンをひとつ。わたしはそうします。そして、お土産も買います」

べんてんちゃんは元気よくそう言って、サンドイッチ屋さんの方にはいっていった。

迷いに迷って、べんてんちゃんは結局サンドイッチ屋の方でフルーツとクリームのはいったサンドイッチを買い、パン屋ではフレンチトーストを買っていた。栄養バランスはそれでいいのか、と思ったが、満足そうなので、なにも言わなかった。

僕は、ローストビーフと野菜が入ったサンドイッチに、先生が言っていた味噌《みそ》パンを買った。

店のサーバーでコーヒーを入れ、テラスの席に座る。べんてんちゃんはうれしそうにサンドイッチを頬張《ほおば》る。僕も一口食べて、パンのおいしさに驚いた。具ももちろんおいしいのだが、なにより食パンがおいしい。

昨日夜の町をさまよったときの怪しい気持ちが、身体のなかからすっかり晴れていくようだった。

「このお店、すごくおしゃれだよね。パンもおいしいけど、建物もさ」

「そうなんですよ。建物自体は新しいんですけど、外観は伝統的な町屋の造りだし、壁の色を養寿院の土壁と同じ色にしたり、風景に馴染むように工夫してる、ってことで、都市景観デザインの賞も取ってるんですよ」

「へえ」

改めて建物を見直す。たしかに川越の町屋と似た造りなのだが、和風すぎない。この庭などはちょっとヨーロッパ風にも見える。

「このあたりは、むかしは養寿院の門前町だったんですよね。で、あっちの高澤通りには、問屋が並んでいたそうです」

べんてんちゃんが言った。

「問屋？」

「川越は水運の町なんですよ。新河岸川で、浅草と行き来してた。高澤通り、わかりますか？」

昨日の夜、さまよったあたりだ。暗い川に沿って歩いたことを思い出した。

「うん、わかる」

「船で運ばれてきたものを船着場で荷揚げして、荷馬車などで高澤通り沿いの問屋に運んだんです。塩問屋、穀物問屋、紙問屋。いろんな問屋が並んでたらしいですよ。いまは通り沿いの建物はなくなってしまったところも多いですけど」

「問屋か。さすが古い町だね」

「川越では、商店でも十代以上続いているところがめずらしくないですからね。三代目、四代目はまだまだ若造、六代七代くらいで一人前、って感じみたいです」

塩問屋に穀物問屋、紙問屋。なんだか時代劇のようだが、この土地では現在と地続きでつながっているらしい。

「このパン屋の店主さんも川越の出身なんですよ。お店の土地もご実家のものだそうで。

実はこの前の道って、むかしはなかったんですって。養寿院の前から『浜ちゃん』の前のところで鉤形《かぎがた》に折れる道しかなかった。それで、ここに並んでいた家の敷地を突っ切って、まっすぐの道を作ったんだそうです。パン屋とサンドイッチ屋、いまは道をはさんでるけど、もともとはふたつでひとつの敷地だったんですよ」

「くわしいねえ」

思わず感心してしまった。

「いえいえ、そんな。住んでると自然にわかるんですよ」

べんてんちゃんは恥ずかしそうに笑った。自然に、と言うが、それ自体驚きだった。祖父の家に住んでいたころ、僕は家のまわりのことなどほとんどなにも知らなかった。

新興住宅地として大規模に造成された土地だったから、以前あったものを感じさせるような跡はなにもなく、まわりには同じ形の建物が並んでいるだけだった。

だが、ここには過去の跡が残っている。新しい道が通ったり店ができたり少しずつ変化しているが、過去の姿が透けて見える。

「ところで先輩、荷物、片づきました？」

べんてんちゃんが言った。

「うん、だいたいね。段ボール箱はほとんどあけたし、もうふつうに生活できると思う」

「早いですね」

べんてんちゃんは驚いた顔になる。

「今日はどうするんですか？」

「昼には大学に行くよ」

「三限ですか？」

「授業はね。でもその前にちょっと図書館に寄りたいから、十二時前に着きたいかな」

「じゃあ、十一時ごろの電車に乗れば大丈夫ですね。いっしょに行きましょう。わたしも三限から授業なんです。その前にスーパーの場所とかだけ案内しますよ。コンビニは仲町《なかまち》にあるし、スーパーは連雀町《れんじやくちょう》にあります」

べんてんちゃんがどんどん勝手にスケジュールを決めていく。

「そうか、助かるよ」

勢いにおされながら答えた。

「わたし、もう大学行ける態勢で出てきましたから。先輩も支度が済んだら出ましょう。町のなか案内して、そのまま駅に行く感じで」

「うん、ありがとう」

べんてんちゃんはサンドイッチを食べ終わり、今度はフレンチトーストを食べはじめる。

しあわせそうな顔だった。

「べんてんちゃんはいいねえ、おいしそうに食べるから」

「そうですか？　よく言われるんですよ。父にも母にも、祖父母にも。お前はそれだけが取り柄だって。失礼ですよねえ」

むすっと不満そうな顔になった。

「取り柄がまったくないよりはマシかもしれませんけど」

「いや、そんなことないんじゃない？」

思わず笑ってしまった。

「今日だってこうして心配して来てくれてるし」

「それって、取り柄ですか？」

「取り柄でしょ？　ほかの人を心配するって、それだけ目端が利くってことじゃない？　親身になれるってことでもある。リーダーになれる人ってそういう人だと思うけど」

べんてんちゃんはぽかんとしてこっちを見た。

「まあ、そういう考え方もありますね」

照れたようにぼそっと言って、残りのフレンチトーストをぱくんと食べた。

べんてんちゃんに案内されて、近所のスーパーや薬局をまわった。駅も、これまで川越駅まで歩かなければいけないと思いこんでいたが、川越市駅《かわごえし》という駅の方が近いことも知った。バスもけっこう本数があるらしい。最寄りのバス停も教えてもらった。

そのあと川越市駅から電車に乗って、大学まで出た。授業が終わり、院生室に向かって歩いていたとき、木谷先生から呼びとめられた。

「あの家、どうだった？　よく眠れたかな」

「ええ、疲れてたんで、ぐっすり寝ました。ただ、朝日をさえぎるものがないんで、まぶしいんですよ。今日から寝る位置を考えます」

僕は苦笑いした。

「雨戸のある居間の方が寝やすいかもしれないね。地図の棚がはいると窮屈かもしれないけど」

木谷先生が笑った。

「で、荷物は？　片づけ、終わった？」

「はい。おおむね終わりました」

「じゃあ、ぼちぼち地図の方も送りはじめていいかな。連休中に実家に行くんで、そのとき少しまとめようと思うんだよ。母からも、父のコレクションを早くなんとかしてくれ、って言われてるしね」

「僕は大丈夫です。ご実家での作業は手伝わなくていいんですか？」

「いや、母も人が来ると気をつかうし。連休最終日には届くようにするよ」

「着いたものはどうすればいいですか？」

「とりあえずそのまま積んでおいてくれればいい。地図のサイズや量を考えて、家具職人さんにあの部屋に置く棚を設計してもらったんだ。水曜にはそれもそっちに届く。そのとき僕も行って、どの地図をどこにしまうか指示するよ」

木谷先生は水曜は授業がない。僕も水曜は授業をとっていないので、一日家にいることができる。

「量が多いから、たぶん一日じゃしまいきれない。あとは遠野くんが空いた時間に整理してほしい」

「わかりました。ところで、その地図なんですが、どのくらいあるんですか？」

「段ボール箱で四、五十箱くらいかな、と思ってるんだけど」

そんなに？　口には出さなかったが少し驚いた。思ったよりたいへんな作業なのかもしれない。

「箱詰めするとき、できるだけ整理するつもりだよ。いらないものはきっぱり処分する」

木谷先生は自分に言い聞かせるように言って、笑った。

連休最後の日、先生のところから大きな段ボール箱が五十箱届いた。平べったい箱だが、紙がぎっしり詰まっているせいか、かなり重い。先生に言われた通り居間の隅に積んだ。片側の壁は箱でいっぱいになった。

そして水曜日、棚がやってきた。木谷先生の指示にしたがって家具職人が棚を置いていく。壁の色と近い木の色で仕上げられているので、しっくり部屋に馴染んだ。

地図を広げて入れられるような奥行きのある低い棚と、地図帳などを入れる本棚のような棚。形の異なるいくつかの棚がバランスよく配置されている。

「やっぱり職人さんはすごいなあ」

先生は棚の引き出しを開けたり閉めたりしながら言った。滑り具合がとてもよく、引っかかりなくスムーズに開閉できる。その感触が心地よかった。

「使いやすそうですね。でも、この棚に全部おさまるんでしょうか」

壁際に積まれた地図を見ながら訊く。

「いちおう計算して作ってもらったからね」

木谷先生がにっこり笑った。

「父は晩年、自分のコレクションをかなり細かく整理していたんだ。地図を年代と地域ごとで分類していた」

先生がカバンから書類を出す。

「ただ、市販の棚だったからね。おさまりきらないで、段ボール箱に詰められていたものもたくさんあったんだ。今回は分類ごとに枚数を数えて、厚みを計算して設計してもらったからね。全部すっきりおさまるはずだよ」

書類には年代と地域で区分された表が記され、細かい数字が書き入れられていた。先生はこともなげに言うが、数えるだけでも大変だっただろう。

「見出しも作ってきた。まずはこれを引き出しにつけて……」

先生が小さなカードを出す。見ると棚の引き出しにはひとつずつ見出しを入れるネームプレートがついている。そこにカードを入れていくらしい。カードは一列ごとに輪ゴムでまとめられている。

「じゃあ、入れてってくれる？　これがこの棚のいちばん左の列。次の列はこれ……」

先生が列の上にカードの束を置いていく。僕は言われた通り、一段ずつネームプレートに見出しカードを入れていった。

コレクションされた地図は明治から昭和にかけて。いちばん多いのは昭和三十年代で、昭和五十年代後半になると数が少なくなり、平成のものはない。

先生によると、お父さんの好みの問題らしい。平成になっても地図を集める趣味は変わらなかったが、古いものを買い足したり、自分のコレクションを整理することに力を入れるようになって、新しく出る地図にはあまり関心を持たなくなった。

「やっぱり、郵便局員として働いていた時代のものに関心があったんじゃないかなあ、とくに自分が若かったころのものにね」

作業しながら先生は言った。

「父は無口で、家ではあまり喋らなかった。なにを考えているのかよくわからない人だったなあ。でも、仕事のことを訊くと喜んで話してくれた。若いころにしてた郵便物の仕分けの仕事が好きだったみたいで」

「仕分けですか？」

「住所を見ながら、宛先ごとに分類するんだよ。郵便番号を読み取る機械なんてなかったからね」

「郵便番号も三桁とか五桁しかなかったんですよね」

「そうそう。いまみたいな郵便番号になったのは一九九八年。そういえば、前に父から、七桁の郵便番号がはじめに試されたのは川越だった、って聞いたなあ」

「そうなんですか？　なぜでしょう？」

「大きなセンターがあったからだったかな。ともかく、いまは郵便番号も機械で読み取れるみたいだけど、以前は全部人間が仕分けしてたんだよね」

「大変だったでしょうね」

「うん。だから父は地名にはすごくくわしかったよ。東京近郊はもちろん、遠い地方の町の名前でもよく知っていた。平成になって市町村が合併して新しい地名になったりすると、ちょっとさびしそうにしてたっけ」

平成になってからの地図が少ないのは、地名が変わってしまったことも関係があるのかもしれない、と思った。

「父が地図を集めていたのは、仕事上の勉強のためだと思ってたけど、ちがうのかもしれないなあ。毎日全国の地名をながめて、行ったことのない、遠い土地のことを夢想していたのかもしれない」

先生はくすっと笑った。

見出しカードをつけ終わり、段ボール箱を開く。地図のいちばん上に「昭和三十年　東京」と書かれた小さな紙が置かれていた。

地図が数枚重なって、その下に別の小さな紙が挟まっている。これがさっき引き出しに取りつけた見出しと対応していて、束ごとに該当する引き出しに入れていく、ということらしい。

ふたりで手分けして引き出しに入れていく。大きな地図を折り曲げないように引き出しに入れるのはなかなか大変で、数枚まとめて、というわけにはいかない。一枚ずつていねいに両手で持ち、浅い引き出しに入れた。

地図をながめながら、会ったことのない先生のお父さんのことを思った。先生と似ていたのだろうか。だとしたら、地図をながめながら遠い土地のことを夢想していた、というのもなんとなくうなずける。

郵便の仕分けをしながら遠い場所を想像し、地図を見てどんな場所かたしかめる。そういう日々を送っていたのかもしれない。

僕たちが黙って作業していると、ずっと黙っていた家が歌いだした。例によって調子の外れた歌だったが、前よりも少し歌らしくなってきていた。その声を聞いているとなぜか楽しくなり、仕事がはかどった。

結局、すべてを棚におさめることはできず、あとは僕が家にいるときに作業することになった。

自宅に帰る木谷先生と外に出て、いっしょに夕食をとった。出世横丁という小道にあるピザの店だ。木谷先生がべんてんちゃんから教えてもらったらしい。カウンター席だけの小さな店だが、薪を使う石窯《いしがま》があり、かなり本格的だ。無口な店主が焼いたピザは、ふんわりとしておいしかった。

ひとりで家に戻り、居間に並んだ新品の棚を見ると、不思議な充実感があった。この前までのがらんとした居間とちがって、役割が与えられたことで、空間に血が通ったような気がした。

引き出しのひとつをすうっと引っ張り出し、いちばん上の地図をそっと取り出す。新宿区の昭和四十年代の地図だった。住宅地には細い道が入り組んで、迷宮のようだ。ここにたくさん家が建ち、人が暮らしていたのだろう。

駅には通勤や通学の人々があふれ、広い道は渋滞していたかもしれない。家々の庭やベランダには洗濯物が干され、学校の校庭では子どもたちが朝礼をしていたかもしれない。引き出しのなかに、そんなにぎやかな町がいくつも重なりあって詰まっている。地層のように。

そもそも、人はなぜ地図を作るのだろう。地図はその時代の土地をうつす。道や川や区画、人間の営《いとな》みが土地を埋め尽くし、時代とともに変化していく。地図には、その跡が刻まれている。

しばらくは日々この地図たちの近くで眠ることになるのか。

奥行きの深い棚は、地震が来ても倒れることはないだろう。それに、いい日除《ひよ》けになりそうだ。雨戸のない入口からの光も、棚と棚のあいだで眠ればさえぎられるかもしれない。

奥行きの深い地図の棚は二列になっていて、あいだが畳一畳ほど離れている。僕は布団を移動し、棚の隙間に置いた。

布団はぴったりとおさまって、壁と壁の隙間に眠るような形になった。寝転がってみると箱の底で寝ているようで、妙に落ち着いた。

―― 8 ――

金曜の午後、大学から帰って地図の整理をしていると、べんてんちゃんがやってきて、作業を手伝ってくれた。

三年生でゼミにはいったばかり。そんなに喋ったこともなかったが、ここに越してきてから大学でもよく話すようになった。地図の整理に関しては呑みこみも早く、要領もよい。優秀な子なんだな、と思った。

「先輩、なに歌ってるんですか？」

作業中、ふいにべんてんちゃんが訊いてきた。

「歌？」

思わず訊きかえす。自覚がなかったので、はっとした。

家の歌が聞こえていて、知らず知らずそれに合わせて口ずさんでいたらしい。僕が歌をやめると、家も黙った。

「えーと、それって……『月』ですよね、たしか。出ーた出ーた月が、まあるいまあるいまんまるい」

べんてんちゃんが歌う。

「ああ、そうそう。歌ってた？」

「歌ってましたよ、ずっと。でも、なんで『月』なんですか？　まだ昼間なのに」

べんてんちゃんが首をひねる。

「いやあ、なんでだろう？」

どう言ったらいいかわからず、笑ってごまかす。

「遠野先輩って、やっぱりちょっと変わってますよね」

「え、そう？」

「仙人、っていうのとはちがいますけど……。ときどき心がどっかに行っちゃってる感じ、しますよ。じいっとなにもないところ見てる、っていうか」

言葉につまった。この子、鋭いな。小学生のころはよくそういうことを言われていたが、最近はほとんど指摘されなくなり、かなり隠せているつもりだった。だがそれは、単にまわりも成長し、お互いに距離を取るようになったというだけかもしれない。

「先輩、その歌の歌詞の二番、知ってますか？」

「え、二番？　二番あるの？」

「やっぱり知らなかったんですね、さっきからずっと一番をリピートしてるから、知らないんじゃないかと思ってました。ありますよ、二番。三番も」

べんてんちゃんが笑う。

「どんな歌詞なの？」

「えーとですね、わたしもちゃんと覚えてないんですけど、たしか、かーくれーた雲に、くーろいくーろい真っ黒い、すーみのような雲に、だったかな」

べんてんちゃんが口ずさむ。「隠れた　雲に／黒い黒い　真っ黒い／墨《すみ》のような　雲に」が二番、「また出た　月が／まるいまるい　まんまるい／盆のような　月が」が三番ということらしい。

「よく覚えてるね」

「子どものころ、『墨のような』って変だなあ、って思って、引っかかってたんです。月が雲に隠れるときって、雲が月に照らされて、あかるくなるじゃないですか。空が黒くて、月は白い。で、雲も白く透けてる感じ。真っ黒くないよなあ、って」

「ああ、そうだねえ。雲は夜でも黒くない」

「でも、真っ黒い雲もあるんですよね。月の光が消えるくらい黒い雲もある。雲の厚さによるのかなあ」

べんてんちゃんがぶつぶつ言った。

夜、べんてんちゃんを送り出すために外に出ると、大きな月がのぼってくるところだった。輪郭が少しにじんでいる。満月だろうか。

まだそこまで遅い時間ではない。いまのうちに買い物をしておこうと、僕も家を出て連雀町のスーパーに向かった。

買い物をすませた帰り道、養寿院の前で声をかけられた。見ると安藤さんだった。

「その後、どうですか、あの家は。もう慣れましたか」

「ええ、なんとか」

「不便はないですか」

「まだ風呂がないので銭湯に行ってますが、それも悪くない感じです。夏前には浴室もできるようで」

「そうですか、それはよかった」

安藤さんが微笑む。

「今日はいい月ですねえ」

安藤さんが空を見る。さっきの月が少し高くのぼって、家々の屋根の上にぽっかり浮かんでいる。いつのまにか輪郭はくっきりして、皓々《こうこう》と輝いていた。

「ええ、ほんとですね。出かけるときは朧月《おぼろづき》でしたが、くっきりしました。満月でしょうか」

「いえ、ほんの少し欠けてます。満月はたぶん昨日」

安藤さんが目を細めて月を見る。昨日は曇りで月はなかった。

「そういえば……」

「月」の歌のことを思い出し、僕は言った。

「この前、お話しされていた、あの家に最初に住んでいた女の子のことなんですが……」

「ええ、なんでしょう？」

「家を訪ねたとき、歌を歌っていた、っておっしゃってましたよね。それって、なんの歌でしたか」

家が歌を覚えたのは、住んでいた人が歌っていたからではないか、と思ったのだ。

「さあ、どうだっただろう、子どもが歌うような唱歌か童謡か……そんなようなものだったとは思いますが、なんの歌かまでは……」

安藤さんが首をひねる。

「でも、どうして？」

「あ、いえ、いま月を見てたら月の歌が浮かんできて……。『出ーた出ーた月が……』っていう……」

「ああ、『まあるいまあるいまんまるい……』ですね。うーん、どうだろう……」

そこまで言って、安藤さんが、あっ、と小さく声をあげた。

「どうかしましたか？」

「いえ、歌のことじゃなくて、ちょっと思い出したことがあって……」

「なんですか？」

「あの建物、むかしは『月光荘《げっこうそう》』って呼ばれていたんですよ」

「『月光荘』？」

その響きに、なぜかぞくっとした。

「いえ、『月光荘』っていうのは、ほんとの名前じゃないんです。住んでいたのはあの家族だけで、アパートみたいなものだったわけでもない。まわりの住人が勝手につけたあだ名です。二階に丸窓があったんですよ」

「丸窓？」

「丸窓って言っても、よくある丸窓ほど大きくない。たぶん、人の顔よりちょっと大きいくらいの大きさの、小さな天窓みたいな丸窓です。夜になると家のなかの光がそこから漏れて、満月みたいに見えた。だから『月光荘』って呼ばれてたんですよ」

月光荘。家が「月」を歌うこととなにか関係があるのだろうか。

だが、いまはそんなものはなかったはずだ。

「二階のどこですか？」

「玄関に面した側です」

「いまは……ないですね」

「ええ。島田さんとこがあの家を買いあげて改築するとき、丸窓はとってしまったんだと思います。そして大隅さんがはいった。そのあとはずっと丸窓はなかったから、わたしもすっかり忘れていました」

「じゃあ、島田さんは丸窓のこと、知らないのかもしれませんね。今回の改築ではできるだけ建てた当時の姿に戻したいと言っていたのに、丸窓はつけてない」

「そうかもしれません。『月光荘』っていうのは、あくまでもあだ名ですから、記録には残ってないでしょう。代が替わったら忘れられてもおかしくない」

「そうですね」

「しかし、こんなきっかけで思い出すとは。人間の記憶っていうのは、不思議なもんですね」

安藤さんは笑った。

「ああ、そうだ。もしかしたら、写真があるかもしれない」

思いついたように言う。

「写真？」

「この前もお話ししましたが、うちは以前写真館をしてたんです。父は趣味でもよく写真を撮っていた。とくに建物の写真をね。そのなかに月光荘のものもあった。丸窓を見て、月光荘だ、と思った記憶があります」

「残っていたら見せてもらえませんか？　島田さんも喜ぶと思いますし」

「じゃあ、探してみます。見つかったら持っていきますよ」

安藤さんはにこっと笑った。

翌日、安藤さんが写真を持ってきてくれた。古いモノクロ写真だった。上の方ぎりぎりのところに、丸窓が写っている。

安藤さんといっしょに二階にあがった。丸窓があったのは玄関の上の部屋。つまり、今後僕が寝泊まりすることになる部屋の東の壁だ。

「丸窓、ここにあったんですね」

壁をながめながら、安藤さんが言った。

安藤さんが帰ってから、すぐに木谷先生にメールを書いた。安藤さんの持ってきてくれた写真をスキャンし、添付した。

先生からすぐに返事がきた。「大発見だ。島田にも知らせるよ」と書かれていた。

―― 9 ――

木谷先生がメールで送った写真を見て、島田さんもかなり驚いたらしい。月光荘という名前も気に入り、二階を改築する際、丸窓を再現することになった。安藤さんの写真があったおかげで、もとの造りへの復元とみなされ、市の審査にも通った。

この家の改修を請け負っている真山《まやま》さんという建築士の調査で、二階の壁ももともとは漆喰《しっくい》が塗られていたことがわかっていた。ほかは土色の漆喰なのに、なぜか丸窓のあいていた側は黒い漆喰だったらしい。

――黒漆喰というと、一階の床の間のような感じですか?

僕は真山さんに訊いた。

――あれとはちがいますね。あの床の間の壁はざらざらしているでしょう? でもこの壁は黒漆喰の磨き仕上げでした。

――磨き仕上げ?

――ええ。川越の蔵造りの外壁と同じで、江戸黒《えどぐろ》と呼ばれるものです。黒くて、つやっとしてて、ものが映るくらい磨きあげられていた。

これは左官《さかん》技術のなかでもっとも難易度が高いもので、手間もかかるし、できる人もかぎられている。だが島田さんは、ここまできたら少し値が張っても元通りにしたい、と言い、真山さんに黒漆喰の作業ができる左官屋さんを手配してもらうことになった。

五月の終わり、二階の改修がはじまった。壁紙が剥がされ、壁に丸窓が抜かれた。建具も運び出され、外で修復が行われるらしい。

次の週に左官屋さんが来て、黒漆喰を塗りはじめた。

黒漆喰の黒色のもとになっているのは油煙《ゆえん》といい、菜種油を燃やしてとれる煤《すす》なのだそうだ。その油煙を石灰《せっかい》、酒で溶いて寝かせた海藻と混ぜ合わせ、布で漉《こ》したものが黒ノロ。作っているあいだ、海の匂いが漂っていた。

黒ノロはひび割れしやすいので、ふつうの漆喰より薄く延ばさなければならないらしい。職人さんが鏝《こて》を使い、全身の力をかけて押さえていく。塗れるのは一日にせいぜい二平方メートル程度。それだけ時間がかかる作業なのだった。

数日後、丸窓の壁は黒くなめらかな面になった。

つるっとした江戸黒は、ほんとうに美しかった。一言で「黒」と言うことができない。鏡のように、光が当たれば反射して光り、光をさえぎってのぞきこめば、深く吸いこまれるようだった。

丸窓のガラスもはまり、六月の最後の週に二階の内装が完成した。

週末、木谷先生も島田さんの一家も安藤さんもべんてんちゃんもやってきて、簡単なお祝いをした。みんなで丸窓を見あげる。空が丸く切り取られ、不思議な景色だった。

人々が帰ったあと、僕は自分の荷物を二階にあげた。ずっと棚と棚の隙間に寝ていたので、六畳ほどの部屋が妙に広く感じられた。二階の改修とともに一階の浴室も完成し、今日からはもう銭湯に行かなくていい。暗くなってきたので雨戸を閉め、電気をつけた。ごろんと横たわると、小さな丸窓から空が見えた。

昼間とはちがう、夜の空気が広がっていた。風が出てきて、かたかたと雨戸が揺れる。声がした。家が歌っている。聞きおぼえのある歌だ。

ああ、これは「海」か。

しばらく聞いていて気づいた。慣れだろうか、家の歌をだいぶ聞き取れるようになった気がする。

「うーみは広いな、大きいなー。月はのぼるし、日がしーずーむー」

声に出して歌ってみた。家は僕が歌うあいだじっと黙っていた。

「月」とちがって、この歌はちゃんと全部覚えていた。子どものころ、お風呂にはいったとき、よく父といっしょに歌っていたからだ。

海は広いな　大きいな

月はのぼるし　日が沈む
海は大波　青い波
ゆれてどこまで続くやら
海にお舟を浮かばせて
行ってみたいな　よその国

若いころ青年海外協力隊に参加した父は、その後も何度もバックパッカーとして海外に行っていた。タイ、カンボジア、ベトナム、ラオス。見たことのない場所に行きたかったんだ、と言っていた。

僕が生まれてから、父は海外旅行に行かなくなった。経済的なこともあったのだろうが、仕事が楽しくなったようだ。

家を建て、家を直す。大工の仕事は楽じゃないけど、楽しいんだ、とよく言っていた。自分たちの手で形のあるものを作る。そこにだれかが住んで、ずっと残っている。いい仕事だよ、と。

雨戸の揺れる音を聞いているうちに、台風の夜のことを思い出した。母とふたりでいて、家の屋根が飛んで行ってしまった夜のことだ。

あのとき、家はずっとうなり声をあげていた。ひどい雨と風を受けながら、なんとか屋根が飛ばないよう、踏ん張っていた。

父と母と僕と家。

あのころの僕にとって、家もまた家族だった。父と母が死んだあとも、家だけは僕といっしょにいてくれるはずだった。家から引き離されても、帰ればそこにあるはずだった。だから、家がなくなっていると知ったときは、自分と両親の生きていた時間が根こそぎ消えてしまった気がした。

かたかたと雨戸が揺れ、目の奥に雑草だらけの空き地が広がった。

そうか、思い出した。

家がなくなっているのを知ったあと、僕は風間の家に向かった。だがそこにも家はなかった。工務店と祖父母の家のあった場所には、大きなマンションが建っていた。

むかしよく行った近所の商店のおばさんに会い、祖母が少し前に亡くなったと聞いた。風間の家は親戚が相続してマンションを建てたらしい。

祖父は教えてくれなかった。家を処分したことも、風間の祖母が亡くなったことも。もう涙は出なかった。そして決めた。自分も家といっしょに消えた。だからもう、心を捨てよう、と。

夜遅く帰った僕に、祖父はなにも言わなかった。ただ、気がすんだか、とだけ言った。僕はなにも答えなかった。家を見に行ったことも、家がなかったことも言わなかった。祖母が亡くなっていたことも。口を閉ざし、心を閉ざし、ただ時間が過ぎるのを待った。

胸のなかに黒いものがふくらんでくる。大きく、大きく。胸が苦しくなり、耐えきれずに、うわあっと叫んだ。大きな波がこみあげて、わけもわからず涙があふれだした。

許せない。

あのとき口にできなかった言葉が口を衝《つ》いて出た。許せないと思った。祖父にとって、僕の心など紙くずのようなものなのだ、と思った。ずっといやだった。家から引き離されたことも、祖父が父や母や風間の祖父母を悪者のように言うことも、祖母に会わせてくれないことも。

怒っていたんだ、僕は。

丸窓の外の闇を見た。

だが、僕はなにも言わなかった。言ってもどうせはねのけられる。言えば余計に自分が傷つく。そう思っていたから。

口にしなかった分、怒りは心の奥底に沈み、積み重なっていった。恨みになり、憎しみになった。こんがらがってほどけない巨大な結び目がずっと心の奥に居座っていた。祖父の死後も。

僕は祖父を憎んでいた。恨んでいた。

認めたくなかった。自分のなかにそんな暗い感情があることを。

丸窓を見あげ、目を閉じた。

僕はずっと祖父に認められたかった。認められれば見かえすことができる。父や母を見直してもらえるかもしれない。だから必死に勉強した。祖父は僕の生きる理由そのものだった。憎んでいるのに、祖父のために生きてきた。

祖父が亡くなってから、祖父が僕のために口座を残していたことを知った。会計士によればそのおおもとは僕の家を売って作った金で、僕の財産として祖父が管理していたものだった。

亡くなる前、祖父は「少しだが貯金はある」と言っていた。その貯金とはこのことだったのだ。僕が大学院に行けるのは、祖父が父の家の土地を売り、そのお金をずっと取っておいたからだ。

古い家だったから、あの家を空き家のままずっととっておくことなんてできない。いつかはだれかが処分しなければならない。

祖父は僕をわかってくれない。ずっとそう思っていた。だが、僕はどうだろう。僕だって祖父のことをわかっていなかった。考えようとしたこともなかった。

家の声がした。歌っている。「海」だ。

父の笑い声が聞こえ、めずらしく鮮明に父の顔が浮かぶ。笑っていた。その顔を見つめながら、ああ、やっぱり、祖父に似ていたんだな、と思った。


次の週末、忘れものを取りに祖父の家に戻った。

玄関を開け、家にあがる。

祖父はもういないのに、一瞬、おかえり、という声を期待した。廊下を呆然と見まわす。祖父や祖母の気配があちこちに残っていた。留守にしたのは二ヶ月くらいだったが、ここに住んでいたのがずいぶん遠いむかしのことのように思えた。

自分の部屋に行き、目的の資料をカバンに詰めた。部屋のなかはもうだいぶがらんとしている。床に腰をおろし、天井を見あげた。

この家はもう引き払おう。伯父たちに渡そう。

急にそう思った。

川越の家だって僕は単なる間借り人だ。僕の家なんてもうどこにもない。遠い将来、僕の家、と呼べる場所が見つかるかもしれない。でもそれまでのあいだ、僕は身体ひとつで生きるべきなんだ。川越に帰ったら伯父たちに連絡しよう、と思った。

駅に向かう途中、見覚えのある人とすれちがった。祖父が亡くなる前、ずっとヘルパーとして来てくれていた人だった。

「あら、守人さん」

彼女は立ち止まり、驚いたように言った。

「お元気でしたか?」

僕は訊いた。ヘルパーはきつい仕事だ。体力的にも精神的にも。祖父と同じように、自宅療養を続けても、亡くなってしまう人も多いのだろう。

「ええ、なんとか」

彼女はにこっと微笑んだ。

「あのときはほんとにお世話になりました」

深く頭をさげる。

「いえ、仕事ですから。守人さんはどうされてたんですか? 大学は卒業されたんですよね」

「ええ、いまは大学院に行ってます。もう少し大学に近いところに部屋を借りて、そこから通ってるんです。今日はちょっと荷物を取りに……」

「そう、大学院に。守人さんらしいですね」

　彼女がうなずく。

「守人さんもあのころはたいへんでしたよね。大学の勉強とお祖父《じい》さんの看病と。若いのに、あんなふうにできる人、めずらしいですよ」

「そんなことは……」

「お祖父さん、いつだったか言ってました。結局、わたしの目をちゃんと見て話してくれたのは守人だけだ、って」

「え？」

　耳を疑った。

「自分が悪かったんだろう、って。会社会社で、息子たちとは遊ぶこともなく、いい大学に行け、出世しろ、みたいなことばかり言って。だれもわたしの目を見なかった。むかしはそれでもいいと思っていたんだが、って」

「祖父がそんなことを？」

「ええ。ああ、あと、守人さんのお父さん。お名前、忘れてしまいましたが……。自分の目を見て話したのは、そのふたりだけだった、って。お父さん、もうずいぶん前に亡くなられたんですよね」

「ええ。僕が小学生のときに」

「そうでしたか」

彼女が深く息をつく。僕は少しうしろ暗い気持ちになった。

父と僕。たぶんどちらも、祖父のことが好きだったわけじゃない。目を見た、と言ったって、反抗してにらんだだけかもしれない。そんな立派なものじゃないのに。

「家族ってむずかしいですよね。どの家もいろいろ……。でも、守人さんはよくされていたと思いますよ。ほんとに」

「そうでしょうか」

「ええ。だから、これからもがんばってくださいね」

彼女はにこっと笑った。

「はい。ありがとうございます」

僕がそう言うと、彼女はぺこんと礼をして去っていった。

10

七月のなかば過ぎ、僕は木更津の家を完全に引き払い、鍵を伯父に渡した。

段ボール箱をすべて宅配便業者に引き渡したあと、玄関で靴を履こうとかがんだとき、どこかから声が聞こえた。あっ、と思った。

——行っておいで。

家の声だった。はっきりしないが、そう聞こえた。

この家の声、はじめて聞いた。うつむいたまま思った。声は、祖父の声とよく似ていた。もしかしたらいままでも喋っていたのかもしれない。僕が耳を塞いでいただけで。家は人の声を覚えているのかもしれない。そこに住む人の声を吸いこみ、返してくるのかもしれない。

——行っておいで。

「行ってきます」

ゆっくりと顔をあげ、僕は答えた。

「ありがとう」

そうつぶやいて、家の外に出た。

夏休みにはいり、木谷先生の地図資料館も「月光荘（地図資料館）」という名前で仮オープンした。

僕が夏休みのあいだは、月火のみ休みで、あとは開けておくことになった。僕は下の階で番をしながら、奥の机で論文や資料を読んでいる。ときどき、通りがかりの観光客がふらっと訪れ、地図をながめていく。

土曜日、論文を読んでいると、がらがらっと玄関の戸が開いた。年老いた女性がひとり、不思議そうに部屋のなかを見ている。

「こんにちは。どうぞ、ご自由にご覧ください。無料ですので」

僕が声をかけると、彼女は驚いたようにこちらを向いた。

「ここの方なんですか？」

彼女はじっと僕を見る。

「え、ええ、ここの管理人と言いますか、地図にくわしいわけではないんですが……」

口ごもりながら答えた。

「表に『月光荘』っていう看板が出ていて、びっくりして。まさか、この家がまだあったなんて……」

　呆然と家のなかを見まわす。その顔を見たとき、妙な予感がした。

「むかしのこの家をご存じなんですか？」

　僕は訊いた。

「ええ。住んでいたんです。ずっとむかしに」

　天井を見あげながら言った。僕は息を呑んだ。

「もしかして、空襲で家を失って、ここに越してきた……？」

「え、ええ、そうです。どうしてそれを？」

「聞いたんですよ、この近くに住んでいる安藤さんって方から。小学生のころ、ここに住んでいた女の子と同級生だった、って」

「安藤……もしかして、安藤万年《かずとし》くんでしょうか。だとしたら、同級生だったのは、わたしです」

　おたがいに驚いて目を丸くした。

「下のお名前までは存じあげないのですが、そのころは家が写真館だった、って」

「ああ、やっぱり万年くんですね。六年生のときいっしょのクラスだったんです」

「そうでしたか。安藤さん、言ってました。この家に一度だけ来たことがある、って。宿題を届けにきて、家にあがっていろいろなものを見せてもらった。重箱とか、食器とか……。それから、羅針盤をもらった、って……」

「覚えていてくれたんですね、よかった」

彼女の表情がぱあっと明るくなった。

「ええ、羅針盤はずっと大事にしていたそうで、いまも安藤さんが営んでいる喫茶店に飾ってあると聞いています」

「そうでしたか……。じゃあ、万年くんから聞いてますよね。うちが夜逃げしたこと。万年くんにもちゃんと挨拶したかったけど、ダメだった。親に夜中叩き起こされて、もう今晩出るよ、って。それで羅針盤だけ、急いで紙に包んで学校に置いてったんです」

彼女は天井を見あげる。うつくしい瞳だった。澄んで、きらきらしている。

家はなにも言わず、しんとしずまりかえっていた。

「すみません。立ち話では申し訳ないです。どうぞおあがりください」

「ありがとうございます。お邪魔します」

彼女は玄関に座り、靴を脱いだ。

「ああ、なんだか思い出します、この家に住んでたころのこと。父も母も帰りが遅くて、近所のお菓子工場の人が心配してお菓子をくれたこともありました」

畳の上に立ち、部屋を見まわす。

「わたしはこの家が好きでした。部屋にひとりでいて人形で遊んだり、歌ったり」

「歌？」

「ええ。気が弱くて、学校でまわりに人がいると歌えないけど、だれもいない家のなかだと安心して歌えたんですよね」

彼女ははずかしそうに笑った。

「不思議ですよね、そんなときだれかがそばにいて、いっしょに歌ってくれてたような気が……」

床の間の柱に手を添え、なでる。僕はなにも言えず、黙っていた。

「でも、どうしてですか？　この家、どうして……。実は、何十年も前に、一度川越に来て、この家を見に寄ったんです。そのときは別の家族が住んでいて、外の壁も塗り替えられて、丸窓もなくなっていた。なのに、どうして元の形に？」

「ええ、そのご家族のお子さんたちはみな独立されて、ご夫婦も亡くなったんですよ。それでしばらく空き家になっていたんですが、持ち主の島田さんが元の形に改修されたんです。そのとき、安藤さんのお父さんの写真も参考にしたんです。この家が『月光荘』と呼ばれていたことや、二階に丸窓があったことも、安藤さんから聞きました」

「そうだったんですか」

「家のなかも、できるかぎり元の形に戻した、って」

「ええ、ほんとに。むかしのままです。わたしたちが住んでいたころと同じ。時間が止まっていたみたい」

彼女は壁に手をあてた。

「この家を出てからいろいろありました。ほんとにいろいろ。親とも離れ離れになりましたが、なんとか高校まで出ることができて、小さな工場で働いて、結婚して。今日はね、息子夫婦と孫といっしょに川越に来たんですよ。テレビで川越が紹介されてたんですね。息子の嫁が行きたい、って言ったらしくて」

「そうでしたか」

彼女の顔は満ち足りていた。いろいろあった、と言っていたが、いまはきっと幸せなのだろう、と感じた。

「二階、見ますか?」

「いいんですか?」

「はい、もちろん」

僕が先に階段をのぼる。二階についてふりむくと、彼女が壁に手をつきながら急な階段をのぼってきた。

部屋を見まわし、じっと黙っている。

「同じだ」

少しして小さくそう言うと、うつむいた。

「丸窓も……」

顔をあげ、ぼそっとつぶやく。

真っ黒い壁の上の方に開いた、小さな丸い窓。

「ほんとうだ。全部そのままですよ」

彼女の目に涙があふれ、こぼれ落ちた。

「毎晩、この場所から……夜空を見てました」

彼女は丸窓から少し離れた位置に座った。

「こうやってね、ここから見あげて……」

じいっと窓の方を見つめる。

「ねえ、知ってますか？　ちょっとここに来て」

彼女がちょっと笑って僕を手招きした。

「ここに座って」

自分のとなりの畳を指さす。言われた通り、横に座った。

「このあたりで寝転んで見ると、あの丸窓のなかにのぼってくる月が見えるんです」

そうなのか、と思った。たしかにこの丸窓は東側を向いているから、のぼる月が見えてもおかしくない。僕はまだ見たことがなかったけれど。

「月齢によって見える時間はちがうんです。季節によってもちょっとずつ変わります。子どものころ、わたしはこの部屋で寝てました。夜は雨戸を閉めるから、電気を消すと部屋のなかは真っ暗になる。そして、あの窓からだけ空が見える」

彼女は楽しそうに説明する。

「月の光はかなりあかるいんです。とくに満月はね。満月の夜はよく母さんとここで歌を歌った。月の見える位置に寝転がって『月』の歌を。知ってるかしら、出ーた出ーた月が、っていう歌」

「はい、知ってます」

月の歌。彼女がその出だしを口ずさんだとき、どきん、とした。家がふうっと呼吸するのを感じた。

「それから少し頭をずらす。そうすると月が壁に隠れる。それで『かーくれーた雲に』って二番を歌う。それからもう一度もとに戻って『まーた出ーた月が』って歌うの」

彼女はくすくすっと笑った。

「かーくれーた雲に、くーろいくーろい真っ黒い、すーみのような雲に。雲じゃない、壁に隠れるの。真っ黒い、墨のように黒い壁に」

そうだったのか、と思った。そんな遊びをしていたのか。雲の代わりに、月がこの黒い壁のかげに隠れたり、現れたり。そうやって歌っていたのか。

そのとき、彼女が小さな声で歌いだした。

出た出た　月が
まるいまるい　まんまるい
盆のような　月が
隠れた　雲に
黒い黒い　真っ黒い
墨のような　雲に
また出た　月が

　まるいまるい　まんまるい
　　盆のような　月が

　家も歌っている。声がふるえている。ふるえて光っている。

　そうか、そうなのか。

　なぜか、家の声がなんなのか、少しわかった気がした。言葉では説明できないけれど、僕とあの家が家族だったのと同じように、この人とこの家も家族だったのだ。

　家の声とは、きっとそういうものなのだ。

「おばあちゃーん、どこ行ったの？」

　下から子どもの声がした。彼女が歌うのをやめる。

「あれ、ここ、なんだろう？」

　男の人の声がした。

「地図資料館って書いてあったわよ」

　女の人の声もした。

「ガイドブックには載ってないみたいだけど」

　彼女があわてて立ちあがる。

「ああ、ごめんごめん、いまおりるから」

階段に近づき、下に向かって言う。どうやら彼女のお孫さんと息子さん夫婦らしい。

「二階、見せてくれてありがとう。この家ともう一度会うことができて、うれしかった」

彼女が僕を見て言った。

「よかったです。またいつでも来てください。いまのところ週末しか開いてないんですが、ここに連絡していただけたら」

そう言ってカードを差し出した。島田さんと木谷先生が月光荘のために作った案内のカードだ。

「ありがとうございます。わたしも先が短いし、何度来られるかわからないけど……また見に来ますね」

彼女はカードをバッグにしまい、にこっと笑った。

階段をおりると、息子さん夫婦が地図の引き出しをのぞいている。

「おばあちゃん、どこ行ってたの?」

お孫さんらしい子どもが言った。

「ごめんごめん、ちょっとねえ」

彼女が子どもの頭をなでる。

「ここ、資料館なんですか」

奥さんが僕に訊いてきた。

「ええ、そうなんです。おもに昭和期の地図を置いてまして。まだ仮オープンですが」

僕は答えた。

「へえ、そうなんだ。さっきちょっとだけ見せてもらいました。おもしろいですね」

息子さんの方が答える。

「ええ、ぜひご自由にご覧ください。僕も専門家ではないので、くわしい説明はできませんけど」

「せっかくだからちょっと見せてもらおうか。いつのものがいいかなあ」

息子さんが首をひねる。

「じゃあ、わたしたちが生まれたころの地図はどう?」

「そうだね。となると、一九八〇年ごろか」

「なになに? なに探してるの?」

「お父さんとお母さんが生まれたころの地図だよ」

親子三人がラベルを見ながら引き出しを探しはじめる。

彼女は縁側の近くに座っている。僕は前に安藤さんからもらった羅針盤のショップカードを出し、彼女のところに持っていった。

「これ、安藤さんが経営してる喫茶店です。今日は土曜日だし、営業してると思いますよ」

カードを手渡しながら言った。

「ありがとう。じゃあ、このあとみんなで寄ってみます」

「安藤さんのところには月光荘の古い写真もあります。行けばきっと見せてくれますよ」

家がしずかに歌っている。

きっと家も覚えていたんだろう。彼女のことをずっと。彼女がこの家を覚えていたように。

よかったなあ。

だれにともなくつぶやいた。

満月の夜に、僕もあの遊びをしてみよう。「月」を歌ってみよう。そうしたら月もきっといっしょに歌ってくれるだろう。

僕は目を閉じて、家の歌を聞いていた。

第二話　かくれんぼ

1

畳の上に窓の格子《こうし》の影が長く伸びている。時計を見ると六時になろうとしていた。月光《げっこう》荘《そう》の二階には、べんてんちゃんがキーボードを打つ音がかちかちと響いている。

夏から月光荘にもエアコンがはいった。お客さまもいるし、地図の管理もあるので、昼間はエアコンを入れている。だが夕方、日が落ちるころになると、エアコンを切り、窓をあける。木造のこの家は、風が通ると意外に涼しい。

月光荘の地図資料館としての公開時間は四時半まで。玄関を閉めたあと、木谷《きたに》先生とべんてんちゃんと二人で地図の整理をしていた。木谷先生の計画で地図の目録を作ることになり、パソコンの表計算ソフトにデータを入力していたのだ。

「ごめんください」

玄関の方から声がした。

「はい」

立ちあがり、階段をおりる。戸を開けると、外に安藤《あんどう》さんが立っていた。そのうしろに男の人と女の人がいた。三十代か四十代くらいだろうか。ふたりとも建物のなかを見まわしている。

「すみません、もう公開時間が終わっているのは知ってたんですが……。このふたりにどうしても月光荘のなかを見せたくて」

安藤さんが申し訳なさそうに言う。

「ええ、かまいませんよ。木谷先生とべんてんちゃんも来てますし、よかったらあがってください」

「すまないね」

「いいんでしょうか」

うしろの男の人もこちらをうかがうように訊《き》いてきた。

「ええ、大丈夫ですよ。どうぞ」

「お邪魔します」

三人は靴を脱ぎ、順に式台にあがる。

「遠野《とおの》先輩、どうしたんですか？」

上からべんてんちゃんがおりてきた。

「安藤さんがみえたんだよ」

「あ、こんにちは。そちらの方は？」

べんてんちゃんがうしろのふたりを見て首をかしげる。

「こちらは、佐久間《さくま》さんと藤村《ふじむら》さん。佐久間さんは『羅針盤《らしんばん》』の古くからのお客さんでね。

今日は月光荘を見せたくて、連れてきたんだよ」

「そうだったんですか。じゃあ、わたし、木谷先生を呼んできます」

べんてんちゃんはそう言うと、とんとんと階段をのぼっていった。

木谷先生が二階からおりてきたところで、安藤さんがふたりの紹介をはじめた。

男性の方は、佐久間晃平《こうへい》さんと言って、東京の商社に勤める会社員。珈琲《コーヒー》を淹《い》れるのが趣味で、豆にも、挽《ひ》き方、淹れ方にも精通している。休みの日には東京近郊の珈琲店をめぐり歩くこともあるそうで、羅針盤にも何度も足を運んでいる。

女性は藤村手鞠《てまり》さん。デザイン事務所でデザイナーをしている。佐久間さんとは仕事で知り合った。佐久間さんに連れていかれた店の珈琲に感動し、珈琲に興味を持つようになったらしい。

今日ふたりが羅針盤を訪れたのは、店の開業について相談するためだった。

「以前から、いつか自分の店を持ちたいと思ってたんです。珈琲豆の店です。喫茶店ではなくて、豆を売る店」

「焙煎《ばいせん》屋さんですか？」

木谷先生が訊いた。

「そうです。焙煎して、豆を売る。お客さまの好みに合わせて、その場で焙煎したいと思ってるんです」

「それはいいですねぇ」

先生は目を細めた。

「なにしろ独身ですし、珈琲以外に金の使い道もない。開業資金もそれなりに蓄《たくわ》えました。ただ、店をどこにかまえるか、どんな店にするか、と考えていると、なかなか踏ん切りがつかなくて」

佐久間さんが苦笑いする。

「でも、もう今年で四十二歳になって……。あまり年を取ると気力も体力もなくなるし、失敗できなくなるなあ、と。いい加減にしないと、一生店を持てなくなる、ってちょっと焦っていたところだったんです」

「なるほど。それで、開業について安藤さんに？」

「ええ、実は、川越《かわごえ》に店を出そうと考えてまして、それでこの町で喫茶店をしている安藤さんにいろいろ相談しようか、と」

「店舗の物件のことですか？」

「いえ、それはもう決まっているんです。というより、まず店舗が決まって、そこならできそうな気がして、本格的に準備をはじめることにしたんですよ」

「なるほど。でも、なぜ川越を選んだんですか」

「佐久間さんのお父さんが川越出身だったそうで、川越に土地と建物を持っていたんですね。先日お父さんが亡くなって、佐久間さんがそこを相続することになった」

安藤さんが横から説明した。

「そうなんですか。その建物はどこに……？」

木谷先生が訊く。

「ええ。ここからだと養寿院《ようじゅいん》の前の道をさらに進んでいったところで……」

「料亭の山屋《やまや》さんのある横丁より先ですか？」

「ええ、少し先です。で、松本醤油《まつもとしょうゆ》さんまではいかない。そのあいだの道沿いです」

「一軒家の雑貨屋さんがあるあたりですか」

べんてんちゃんが言う。

「そう、その近くです。よく知ってますね」

藤村さんの方がうれしそうに答えた。

「わたしは川越に住んでいるので、あのお店、ときどき見に行くんです。手作りの小物がたくさんあって、見てるだけで楽しくて」

「かわいいお店ですよね」

藤村さんもうなずいている。

「一番街はチェーン店も多いんですけど、少し奥まったところに個性的で素敵なお店があるんですよ」

べんてんちゃんが得意げに言った。

「そうですね、山屋さんの近くに帽子や雑貨を扱っているお店もありましたね」

「あそこもかわいいですよね」

べんてんちゃんと藤村さんは妙に意気投合している。

「で、佐久間さんの相続された建物はその近くなんですね」

木谷先生が訊くと、佐久間さんがうなずいた。

「そうなんです。父の実家はもともと和菓子屋を営んでいたようで……。駄菓子ではなく、いわゆる打ち物菓子です」

「打ち物菓子って、干菓子《ひがし》のことですよね。落雁《らくがん》ですか」

「ええ。江戸時代の創業みたいです。建物は戦後になって建て替えたらしく、蔵造りではないけれど、風情《ふぜい》のある町屋《まちや》です。和菓子屋は祖父の代で閉じて、その後はテナントに貸していた。いろいろあって十年くらい前に土産物《みやげもの》屋になったんですが、一番街沿いじゃないんで、あまり流行《はや》らなかったんでしょう。数年前から空き物件になっていたんです」

佐久間さんが言った。

「そうだったんですね。お父さんは物件をどうするつもりだったんでしょう？」

「それが、わからないのです」

「わからない？」

「実は、うちの父は、わたしが子どものころに家を出て行ってしまいましてね。わたしと姉は母に育てられました。父はしばらく行方知れずだったんですが、あるとき川越の実家に戻ってきたそうで。その後もうちとは音信不通だったんですが、亡くなる前に遺言状を書いていたらしくて」

「遺言状？」

「うちを出てからはひとり身を通したようで、両親はすでになく、ほかに親戚もない。それで、財産はわたしたち親子に遺《のこ》されました。貯蓄は母のところに、いま駐車場になっている土地が姉に、建物のある土地がわたしに。駐車場は繁盛しているようで、姉はそのまま継ぐことにしたようです。わたしのところは、建物があるといっても、古いし、空き物件だし、処分してしまおうかと思いながら見に来ました。でも……」

佐久間さんが一息つく。

「建物を見て、一目惚《ひとめぼ》れしてしまったんです。古いけれど味があるなあって。それに、前はほとんどなにもないところだったらしいですが、最近はまわりに新しい店もできてるし、ここでならやっていけるかも、って」

「一番街みたいににぎやかじゃないけど、かえっていいような気がしました。珈琲豆って、近所の人が買うものでしょう？　観光の人が買ってくれるのもうれしいけど、川越に住んでいる人がふらっと来て買えるお店がいいと思うんです」

藤村さんが言った。

「そうですね、観光客が増えたのはいいけど、最近は混みすぎてて……。一番街には地元民が日常的に行く店もたくさんあるのに、いまは人が多くてはいるのも大変なんですよ。ちょっと離れたところに素敵なお店が増えるのはうれしいです」

べんてんちゃんが言った。

「川越、いい町ですよね。いい喫茶店もたくさんある。わたしが気に入ってるのは『羅針盤』と『桐一葉《きりひとは》』。どちらもほんとにおいしい珈琲が出てきます。『桐一葉』も先代が亡くなって一時期どうなるかな、と思ったけど、またよくなってきた。地元の人もたくさん来ているみたいだし、珈琲好きも多いんじゃないかと思いましてね」

佐久間さんは川越の喫茶店事情にくわしかった。何度も訪れ、いろいろな店に足を運んでいるのだろう。

「まあ、うちの珈琲はかなり独学なんだけどね。奥が深いですよね、珈琲は」

安藤さんが笑った。

「そうですね。豆も、焙煎も、淹れるのも。これだけ飲んでいても、ときどきびっくりするような珈琲に出会うことがあって、終点がない」

佐久間さんも笑う。

「そういうものなんですね。うーん、佐久間さんの珈琲、飲んでみたいなあ」

木谷先生が目を閉じた。

「さっきのお話だと、お店は珈琲豆の焙煎屋さん、ってことですよね。なぜ喫茶店ではなく焙煎屋なんですか？」

僕は訊いた。

「家で自分で淹れて、日常的に楽しんでもらいたいんですよ。でも、店内で珈琲を飲むこともできるようにしたい、と思ってます。そうすれば淹れ方のアドバイスもできますし。店にも客席を作れる広さがありますからね」

「そうなんですか。それはいい」

木谷先生がうなずく。

「それでうちに相談に来たんだよ。川越の珈琲事情や店作りについてね。うちでも少し珈琲豆を置いていて、買っていくお客さんはいる。みんな地元の人だよ。だから、需要はあるんじゃないか、って。ただ、佐久間さんの持ってる建物は日本風の町屋。うちは洋館だから、雰囲気は全然ちがう。店作りの参考にはならない」

安藤さんが言った。

「ああ、それで月光荘に？」

木谷先生が訊いた。

「はい。安藤さんが、ぜひ月光荘と『旭舎文庫《あさひのやぶんこ》』を見せたいって」

「『旭舎文庫』？」

木谷先生が首をひねる。僕もどこかで聞いたことのあるような気がした。

「あ、もしかして、『かどみせ』のことですか？」

べんてんちゃんが言った。

「そうそう。最近改築してきれいになったからね。築百五十年だから、ここや佐久間さんのところよりずっと古いけど、参考になると思って」

安藤さんによると、「旭舎文庫」とは、札《ふだ》の辻《つじ》の先にある建物らしい。かつて「かどみせ」「かど」などと呼ばれた駄菓子屋を、川越氷川《ひかわ》神社が改築したもので、八月はじめにオープンしたばかりだ。

「そういえばここを改築した建築士の真山《まやま》さんは、その旭舎文庫の改修も手がけていたはずです。前に会ったときに聞きました」

木谷先生に言われて思い出した。僕もその話を聞いたのだ。旭舎文庫という名前に覚えがあるのはそのためだった。

「そうなんですか。ここも素敵ですね。欄間《らんま》の細工も、いまはなかなかああいうのは見ませんし、格子も床の間も趣がある」

佐久間さんが室内を見まわす。

「古い建物って、不思議な雰囲気がありますね。目に見えない古いものが住み着いてるみたいな気がして……。神秘的です」

藤村さんが天井を見あげた。

「旭舎文庫は金土日しか開いてないんですよね。明日はどうですか？　藤村さんがよければ、明日もう一度来てもいいかと……」

　佐久間さんが藤村さんを見る。藤村さんもうなずいた。

「じゃあ、明日の昼間ちょっと店を抜けて、ご案内しましょう」

　安藤さんが言った。

「その旭舎文庫、僕も行ってみたいなあ」

　木谷先生がつぶやく。

「わたしも。明日いっしょに行ってもいいですか」

　なぜかべんてんちゃんも身をのりだす。

「じゃあ、明日は早めに月光荘を閉めて、みんなで見に行こうか」

「わかりました」

　仮オープンでまだそれほど人が来るわけでもないし、旭舎文庫というところには僕も興味があった。

「じゃあ、明日は僕たちもごいっしょさせてください」

「いいですよ。じゃあ、三時ごろに札の辻で待ち合わせということでいいですか」

　安藤さんに言われ、みなうなずいた。

2

翌日、札の辻に集合し、旭舎文庫へ向かった。

「あそこ、改築される前はかなり老朽化して、ぼろぼろだったんですよね」

べんてんちゃんが言う。

「そうそう、地震が来たら川越でいちばんはじめにここがつぶれるだろう、なんて噂《うわさ》されてたくらいだったんですよ。でも、このあたりの人たちにとっては、だれもが子どものころに通った店でしたからね、なんとか保存したいという声もたくさんあったみたいです」

「そうだったんですね」

「むかしは町のあちこちに駄菓子屋があったんですけどねえ。でもだんだんなくなっていって、最後に残ったのが『かどみせ』。平成になるまで営業してた。『かどみせ』っていうのは通称で、角にあるからそう呼ばれてたんですが、『かど』、『かどや』、『さかうえ』って呼ぶ人もいましたね」

安藤さんによると、この建物は築百五十年、昭和三十年ごろから駄菓子屋をしていたらしい。

「ゲームも売ってたし、いつのものかわからないプラモデルが並んでたり、子どもにとっては宝の山で……。なぜかマンガ雑誌を発売日前に買えるっていうんで、子どもたちのあいだでは有名な店でした」

「発売日前に？　なぜですか？」

「本って、配本されてもふつうの本屋さんではすぐには棚に並べないんですよね。それを届いてすぐ置いちゃってたんじゃないかな。うちの息子なんかは、そこで買って読んで、翌日学校で自慢してたみたいです」

安藤さんが笑った。

「そういう駄菓子屋さん、うちの方にもあったなぁ」

木谷先生が言った。

「うちの近くにもありましたよ」

佐久間さんもうなずく。

「百円あればけっこう買えましたよね。十円で買えないものは駄菓子じゃない。お菓子だけじゃなくて、子どもの好きそうなものはなんでも置いてあった。凧《たこ》とか紙の飛行機とか……。お好み焼き焼いてくれたりして」

木谷先生が笑う。

「あったあった。お好み焼き、わたしの行ってた店にもありました。具のないお好み焼きで、青のりトッピングでいくら、とか」

佐久間さんもうれしそうに言う。

「そうそう」

「うちのお父さんとお母さんも子どものころはよく行ってたみたいで、閉店したって知ったときは、ちょっとさびしがってました」

べんてんちゃんがつぶやく。

「結局、川越氷川神社さんが買いあげて、三年がかりで修復したんですよ。できるだけ最初の形に復元する、っていう方針だったみたいで。忠実に、前と同じ建材で再現した。ほら、見えてきた。あの黒い建物です」

安藤さんが言って、道の先を指す。

「うわあ、素敵ですね」

藤村さんが目を丸くして、建物を見あげる。

「これはすごいな」

木谷先生も目を見張った。

たしかにきれいな建物だった。外壁と瓦は黒、柱は茶色。外壁は蔵造りと同じ黒漆喰《くろじっくい》のようだが、蔵造りほど重厚ではない。すっきりとして、清澄《せいちょう》な雰囲気がある。

「落ち着いた雰囲気ですね。駄菓子屋さんだったっていうから、もっとにぎやかな感じを予想してたんですが……」

佐久間さんは店の前をきょろきょろ見まわす。

全面ガラス張りの引き戸の向こうに、ショーケースと椅子がいくつか置かれただけの空間が見える。しずかで、すうっと吸いこまれるような気がした。

がらがらっと戸が開いて、なかから男の人が出てきた。

「どうぞどうぞ、自由にはいってください」

「お邪魔しますよ」

安藤さんがにこっと微笑《ほほえ》み、なかにはいっていく。

「あれ、安藤さんじゃないですか。お店は？」

「まかせてきました。今日はお客さんの案内なんです。この方は佐久間さんっていって、むかしからのうちのお客さん。近々川越に店を出すかも、っていうことで、いろいろ見学されてるんですよ」

「ああ、そうなんですね」

その人はにこにこと笑って、佐久間さんたちを見た。

「お店って、喫茶店ですか？」

「いえ、珈琲豆の販売をメインにしようと思ってるんです」

　佐久間さんが答える。

「豆の店……。いいですね」

「で、こちらの三人は……。菓子屋《かしや》横丁と門前《もんぜん》横丁の近くに月光荘って建物ができたでしょう？　いや、前から建ってたのを改築したっていうか。ここと同じです」

「ああ、月光荘ね。真山先生に聞きました。地図を置いてるとか」

　その人は記憶をたぐるように言った。

「こちらの方は、そこの管理人さんと、地図の持ち主の方。大学の先生でもある。建物の持ち主は別なんだけどね」

「木谷です」

　先生がぺこっと頭をさげる。

「先生なんですか。そちらの方は、助手さん？」

「いえ、大学院生です。遠野っていいます。月光荘で住みこみの管理人をしてます」

「そうなんですか。じゃあ、わたしと似たようなものかな。大学では地図の勉強を？」

　その人は山口《やまぐち》さんと言って、ボランティアで旭舎文庫の案内をしているらしい。川越生まれの川越育ち、地元に特別あかるいことを買われ、任命されたのだそうだ。

「いえ、僕は地図にくわしいわけでは……」

説明に困って口ごもる。

「僕も大学で教えてるけど、地図の専門家ってわけじゃないんです。話すとちょっとややこしいんですが、実は、家の持ち主は島田《しまだ》くんと言って、僕の友人なんです」

木谷先生が言った。

「都心に家があるから月光荘には住めない。でもせっかくの建物だからなにか利用したいって言いだしまして。僕の方も、亡くなった父が地図を集めていて、遺されたコレクションを展示する場所を探していたものですから」

「なるほど、うまく目的が一致したわけですね」

うんうん、と山口さんがうなずく。

「そうなると、建物と地図の管理をする人が必要でしょう？　それでうちの院生の遠野くんを紹介したんですよ」

「なるほど」

「遠野くんも、家が遠くて悩んでたところだったんだよね。なにしろ通学に二時間もかかってたから」

「往復四時間か。それは大変だ」

安藤さんが言うと、山口さんも、ははははっ、と笑った。木谷先生はいつもこうだ。力の抜けたもの言いで、はじめての人の緊張を解いてしまう。

「わあ、これ、かわいいですね」

遠くからべんてんちゃんの興奮した声が聞こえてきた。

「ビー玉におはじき。これはベーゴマですよね」

べんてんちゃんと藤村さんの声が聞こえた。

広い土間には、古いガラスのショーケースがいくつも置かれ、なかにむかしのおもちゃが並べられていた。ベーゴマやメンコ、ビー玉、こま、おはじき、虫かご、凧、カルタ、おもちゃのスライド上映機。キャラクターの描かれたカードもある。

「これはなつかしいなあ」

木谷先生がうれしそうに言う。

「このショーケースも古いものですね」

木谷先生が変わった形の棚を指す。曲面で作られた古びたガラスのショーケースだ。

「これも当時のものですね。あちらのも。全部駄菓子屋さんに残っていたもので、ガラスもそのままですよ。こういうカーブは手作りだったらしくて、いまはもう作れないみたい

です」

山口さんがガラスの曲面をなでた。

「あ、これは写し絵じゃないですか。あった、あった、こういうの」

佐久間さんも展示されたおもちゃを夢中でながめている。

「このあたりも全部、ここを改築するときに出てきたものなんですよ。この店の記憶を残すために展示することになったんです。なつかしいでしょう。わたしたちのころは、男の子はみんなこんなので遊んでましたよ」

山口さんはベーゴマやメンコを指して言った。

「おふたりくらい若いと知らないですか、こういうのは」

佐久間さんがべんてんちゃんと僕を見る。

「いえ、知ってます。むかし、大隅《おおすみ》のおばあちゃんに教えてもらいました」

べんてんちゃんが得意げに答えた。

「大隅のおばあちゃん？」

「前に月光荘に住んでいた方ですよ。もう亡くなりましたが、子ども好きなやさしい方でね。伝統の遊びを教えにときどき児童館に行ってたみたいで。彼女はうちの孫娘と仲がよくて、ふたりでよく大隅さんのところに遊びに行ってたんですよ」

安藤さんが言った。

「大隅のおばあちゃんは、お手玉の名人だったんです。おばあちゃんに教えてもらったから、わたしもお手玉三つ、回せますよ。あやとり、折り紙、全部おばあちゃんに教えてもらいました。おはじきやビー玉でもずいぶん遊んだなあ」

べんてんちゃんは楽しそうに話す。

「遠野先輩は？」

べんてんちゃんに訊かれ、少しあわてた。メンコ、ベーゴマ。遊んだ覚えはない。

「うーん、どうだろう」

木更津《きさらづ》の祖父のところに行ってからは、そもそも子ども同士で遊んだという記憶がなかった。その前は？　父や母と暮らしていたときはどうだったろう。風間《かざま》の祖母のところに遊びに行ったときは……。記憶をたどる。いつもどうしていたんだっけ。

ああ、そうか。父の作ってくれたおもちゃで遊んでいたんだ、あのころは。父は大工で、余った木でよくおもちゃを作ってくれた。積み木、パズル、木馬、パチンコ。なんでも作れた。少し大きくなると、僕も道具の使い方を教わって、自分で作るようになった。

「先輩、どうかしました？」

べんてんちゃんの声ではっと我にかえる。

「ああ、ごめん、いろいろ思い出してて……。こういうおもちゃで遊んだ記憶はないんだけど、ビー玉やおはじきはお祭りで見た気がする」

そうだ、両親と住んでいたころは、夏になると近所でお祭りがあって、風間の祖父母や両親といっしょに出かけたのだ。そういうとき、出店にこんなおもちゃが並んでいた。金魚すくい、スーパーボールすくい、りんご飴《あめ》。色とりどりの安っぽいおもちゃに目を奪われ、胸が高鳴った。

「お祭りか。川越も、秋になれば川越まつりがありますよ」

べんてんちゃんが言った。

「川越まつり、有名なんですよね。僕はまだ見たことがないけど」

木谷先生がつぶやく。

「そうなんですか？　それは見なくちゃ」

すかさずべんてんちゃんが言う。

「そうですねえ。やっぱり川越まつりは見てほしいですねえ」

安藤さんがほほっと笑う。

「そんなにいいんですか」

木谷先生が安藤さんを見る。

「川越まつりは氷川神社の秋の祭礼で、先祖から伝わる神事なんです。と同時に、町の人たちがひとつになる楽しい場でもある。ここには、川越まつりのために生きてる、みたいな人がたくさんいますからね。祭りの何週間も前から、町じゅうそわそわしはじめるんです」

安藤さんが答える。

「山車《だし》が出るんですよ。各町会から人形の乗った山車を出す。山車は全部で二十九台。毎年全部が出るわけじゃ、ないんですが。三階建ての大きくて重い山車で、町内の人たちが引くんですよ。で、ほかの山車とすれちがうときには、おたがいに向き合って、どちらかのお囃子《はやし》の調子が乱れるまで競いあう」

「にぎやかなんでしょうねえ」

藤村さんがふうっと息をつく。その夜ばかりは、いつもは暗い川越の夜も、あざやかに照らされるのだろう。

「関東三大祭りのひとつ、って言われてるんですよ」

べんてんちゃんが得意そうに言った。

「まあ、三大祭りっていうのは俗説なんですが、関東屈指の祭りではあります。三百七十年も続いていて、国の重要無形民俗文化財に指定されているそうです。二〇一二年は市制施行九十周年行事だったんで、すべての山車が出たんです。それで祭り二日間で百万以上の人出になった」

山口さんが説明した。

「一番街沿いに『川越まつり会館』って施設もありますからね。そこに行けば山車が展示されてます。ああ、月光荘からも近いですよ」

「月光荘は『川越まつり会館』の裏ですから。今度行きましょう」

べんてんちゃんが木谷先生に言った。

「そうだね。でもやっぱり、まつり本番が見たいなあ。今年はみんなで行こう。遠野くんもな」

祭りにみんなで……。

その言葉に少し面食らった。これまで大勢で連れ立って祭りに行ったことなんてない。僕も行っていいものか、戸惑った。

「いいですよね？」

べんてんちゃんが僕の顔をのぞきこむ。

「そうだね、ぜひ」

くるくるした目にたじろぎながら、あわててうなずいた。

「前にお祭りの時期に来たことがあったけど、山車も立派ですごくきれいだった。やっぱり川越はいいですねえ。ほんとうに小江戸《こえど》、って感じがする」

佐久間さんがうなる。

「この建物も凛《りん》として、すごくいいですね」

ガラス戸からの光が差しこみ、漆喰《しっくい》で固められた土間の床を照らす。

「宮司さん自身、子どものころここにずいぶんと通われたみたいです。この場所は、町の人たちの子ども時代の記憶が宿った場所。その記憶を大事にとどめたい、とおっしゃってました。清らかで、どなたでもあたたかくむかえ入れる場所にしたい、と」

「みんなの心のよりどころになるような場所なんですね」

安藤さんが建物を見まわして、うなずいた。

「居間と二階もご覧になりますか？」

山口さんが言った。

「いいんですか？」

「どうぞどうぞ。こちらから靴を脱いでおあがりください。二階はまだ改修途中で、床も襖《ふすま》ももとのままですが」

佐久間さんと藤村さん、木谷先生に続いて、僕も靴を脱ぎ、居間にあがった。

「この建物は木造二階建ての塗屋《ぬりや》で、外壁は土壁と黒漆喰塗、屋根は瓦屋《かわらや》ですが、建物の東側は入母屋《いりもや》、西側は寄棟《よせむね》なんです。市内にはほかにない形です。さらに、北側は土蔵塗屋なんですが、南東側は町屋造り」

山口さんが言った。

「変わってますね。なぜですか？」

佐久間さんが訊く。

入母屋とか寄棟とか、僕にはわからない建築用語が続いたが、佐久間さんは知っているらしい。

「川越では冬場に北から乾いた風が吹いてくるんです。江戸時代、明治時代の大火もこの風に追われて、燃え広がったんです。だから、北側は火に強い土蔵で作り、南東側はそこまで耐火を考えていなかったみたいです」

「なるほど」

「それに、改築にあたって壁や天井を剝《は》がしてみると、柱や梁《はり》でもほかの建物の木材をたくさん転用してるんです。川越城の杉戸絵《すぎどえ》がここにあったので、川越城の廃材も使われているんじゃないかって言われています」

「杉戸絵ってなんですか」

べんてんちゃんが訊いた。

「お寺やお城のなかの杉の戸に絵が描いてあることがあるでしょう？」

「松の木とか風景が描かれてる……？」

「そうそう。明治になって廃城令《はいじょうれい》が出て、川越城が取り壊されたとき、廃材が大量に出たんですよね。当時の建物にはその廃材を転用したものもかなりあるんじゃないか、と言われてます」

「なるほどねえ」

木谷先生がうなずく。

「川越の建物って、蔵造りもそうですが、どこか雄々《おお》しい印象がありますね。柔和で女性的な建物じゃなくて、男性的と言いますか」

藤村さんが言った。

「そうかもしれないねえ。武家や商人たちの匂いが強いのかな」

安藤さんがつぶやく。

がらがらっと引き戸の開く音がした。外からお客さんらしいふたり連れがはいってきた。

「じゃあ、お二階は自由にどうぞ。ゆっくり見て行ってくださいね」

山口さんは僕らにぺこっと頭をさげ、次のお客さんに話しかけていた。

山口さんが言っていた通り、二階はまだ改修中で、床は畳があげられたままで、壁も襖も古かった。壁の漆喰の下に明治時代の新聞が貼ってあったり、エジプトの壁画のような柄の壁紙の跡があったり、天井の梁に廃材が使われているのがうかがえたり、屋根裏の空間が見えたり、となかなかおもしろかった。

3

旭舎文庫を出たあと、安藤さんに、うちの店で少し休みませんか、と誘われ、みんなで羅針盤に向かった。札の辻を左に曲がり、高澤《たかざわ》通りを少し歩いて右の路地にはいる。古い映画館や大正時代創業の洋食屋のある通りだ。

羅針盤は写真館だったので、外観は洋館風だ。白い壁、アーチ形にくり抜かれた窓。店の入口には、安藤さんが月光荘の元の持ち主からもらった古い羅針盤が置かれている。

店内の壁には安藤さんのお父さんが撮ったむかしの川越の写真が何枚も飾られていて、ちょっとした町の歴史の展示室のようだ。はじめて店を訪れる人はたいてい珈琲《コーヒー》を飲む前にこの写真をながめてまわる。僕もそうだった。

木谷先生と僕、藤村さんは本日の深煎《ふかい》りブレンド、佐久間さんはスマトラ・マンデリンを注文した。今日は苦味の強いのを飲みたいから、と言うと、安藤さんは、いいですねえ、とにっこり笑った。

「通《つう》同士しかわからない呼吸のようなものを感じますね」

　木谷先生が笑った。

「わたしは、いつものをお願いします」

　べんてんちゃんが元気に言う。

「はいはい」

　安藤さんがにこにこ笑った。

　佐久間さんがべんてんちゃんに訊く。

「いつもの、って？」

「カフェオレです」

「カフェオレ？」

　佐久間さんがちょっと呆気《あっけ》にとられたような顔になった。

「ブラックの珈琲は無理なんです。苦いし……。無理……。」

　べんてんちゃんはあっさり答えた。苦い……。珈琲通の佐久間さんの前だし、僕だったらブラックが苦手でも、見栄を張ってふつうの珈琲を頼む気がしたが、この状況で我が道を行くのはさすがである。

藤村さんがくすっと笑い、佐久間さんもつられて微笑む。

安藤さんはいったんカウンターにはいり、僕たちの分の珈琲を淹れてくれた。運ばれてきた珈琲から、いい香りが立ちのぼる。

「珈琲って、匂いは好きなんだけどなあ。これで苦くなければ……」

べんてんちゃんがうらめしそうにほかの人のカップを見る。

「苦いからいいんじゃないの、大人になればわかるよ」

木谷先生が笑った。

「もう大人ですけど」

べんてんちゃんはちょっと不満げな顔だったが、カフェオレを一口飲んだとたん、ぱあっと笑顔になった。

「おいしい。やっぱり羅針盤のカフェオレは特別」

うれしそうに言って、頬をおさえた。

「そうでしょう？　カフェオレにはカフェオレに適した淹れ方があるんですよ。珈琲はブラックじゃないと、なんて肩肘《かたひじ》張らなくてもいいんです」

安藤さんが微笑む。

「うーん、こちらもおいしいですね。香りもすばらしい。さすがだ」

佐久間さんが言った。

「去年飲んだときとちょっとちがいますね。あれもおいしかったけど」

「そう。今年はちょっと焙煎《ばいせん》を変えたんです」

佐久間さんと安藤さんのあいだで、通にしかわからない会話が交わされている。

「焙煎も挽き方も淹れ方も、こだわろうと思えばどこまでもいけますからね」

安藤さんがさらっと言う。

「珈琲の話はさておき、どうでしたか、旭舎文庫は？」

安藤さんが言った。

「よかったですねえ」

佐久間さんがつぶやく。

「建物もですが、展示されてたむかしのおもちゃにも惹《ひ》かれました」

「そうですね、なつかしい気持ちになりました。展示の仕方も素敵でしたし」

藤村さんもうなずく。

「あれを見て、あんなふうにかつてあったものの跡を残すのもいいなあ、って思ったんですよ。実は、うちの店は裏に倉庫がありましてね。たぶん和菓子屋だったころは厨房《ちゅうぼう》だったんだと思うんです。水道やコンロの跡がありましたから。でも、テナントに貸すときに、倉庫に改装したみたいです。そこに和菓子屋だったころの什器《じゅうき》や道具もいくつか残ってまして……」

「どんなものですか？」

木谷先生が訊く。

「お菓子作りに使っていたらしい鍋とか蒸し器とか。それと、木の浅い箱……お盆のような四角い箱がたくさんありました。大きさはこのくらいで」

佐久間さんは両手で箱の形を示す。四、五十センチ四方といったところだろうか。

「深さは五センチくらいの」

「ああ、和菓子屋さんでよく生菓子がはいってる……」

木谷先生がうなずく。

「そうです。それからガラスのショーケースがいくつか。木の枠にガラスがはまっていて、うしろが引き戸になったものです」

「うちにもありますよ、そういうの。うちのは枠が金属ですし、そんなに古くないですけど」

べんてんちゃんが言った。

「ああ、そういえば、べんてんちゃんのうちも和菓子屋さんなんだっけ」

木谷先生が言った。

「うちはお団子とかカステラが主の庶民的なお店なので、干菓子や高級生菓子のお店とはちょっとちがうかもしれませんが」

「そうなんですね。わたしは和菓子のことはさっぱりで。藤村さんの方がくわしいんですよ」

佐久間さんが藤村さんを見た。

「くわしいってほどじゃないんですけど……。わたし、もともと徳島の出身なんです。母の実家は和三盆《わさんぼん》のお店をしていて、わたしも和三盆作りを見て育ちました。高校生になるとときどき店の手伝いをさせられて」

「和三盆?」

僕は訊いた。

「はい。お砂糖の一種です。でも和三盆だけを固めたお菓子も、わたしたちは『和三盆』って呼んでます」

「お土産でいただいたことがありますよ。上品な甘さでおいしかった」

木谷先生が言った。

「大学で東京に出て、和三盆のことはすっかり忘れてました。でも、何年か前、母が送ってくれた和三盆糖でお菓子を作ってみたらすごくおいしくて、ああ、やっぱりこの味だ、って。それで、和菓子作りを習いはじめたんです」

「藤村さんのお菓子、なかなかのものなんですよ」

佐久間さんが言った。

「どんなお菓子を作るんですか？」

べんてんちゃんが訊いた。

「教室では生菓子を教わってるんですけど、結局シンプルな和三盆がいちばん好きかもしれません」

「僕は生菓子も好きですが、干菓子もかなり好きですよ。むかしはお菓子といえば干菓子だった、って、茶碗《ちゃわん》を作っている友人から聞いたことがあります。日本の三大銘菓はすべて干菓子ですよね」

木谷先生が言った。

「『越乃雪《こしのゆき》』、『長生殿《ちょうせいでん》』、『山川《やまかわ》』、すべて落雁ですね。落雁は、地域やお店によって材料も作り方も少しずつちがって、硬さも食感も味もみんなちがいます。米や麦、豆などの粉を入れる。だから食感が変わるんですね。母の実家で作っていたのは、和三盆だけを固めたものなんです。お砂糖の塊、って言う人もいますけど、深みのある甘さでおいしいんですよ。とくに作りたてはほろっとしていて」

「そうなんですね。作りたてか。食べてみたいなあ」

　木谷先生がつぶやいた。

「あ、すみません、什器の話をしてたのに」

　藤村さんが申し訳なさそうに佐久間さんを見た。

「いやいや、はじめて聞く話で興味深かったですよ」

　佐久間さんが笑う。

「ともかく、旭舎文庫さんに行くまでは、古い什器を使うなんてことは考えてもなかったんですけど」

　佐久間さんが腕組みした。

「見てみたいです。さっきのお話にあった木の浅い箱、豆を入れるのにちょうどいいんじゃないかと思って……」

　藤村さんが思いついたように言った。

「ああ、なるほど。いいかもしれない。そうか、藤村さんにはまだ倉庫のなかまで見せてなかったんだっけ」

「はい」

藤村さんがうなずく。

「じゃあ、このあと行ってみようか。皆さんもいかがですか？」

佐久間さんが僕たち三人を見た。

「いいんですか？　そしたら、お願いします。君たちも行くよな？」

木谷先生に言われると、べんてんちゃんが元気よくうなずいた。となれば、僕も行くしかない。

「安藤さんも行きますよね？」

「え、わたしも？　店に帰ってきたところなのに。遊んでばかりって怒られちゃいそうだなあ」

安藤さんは苦笑いして、店のなかを見まわす。

「まあ、今日のスタッフはベテラン勢が多いし、わたしがいなくてもなんとかなるか。佐久間さんの新しい店を見たいですしね。行きますよ。ちょっと待っててください。店の者にことわってきます」

安藤さんは立ちあがって店の奥にはいっていった。

羅針盤を出て、路地を歩き、一番街を渡る。養寿院の前の道を通って、佐久間さんの相続した建物まで歩いた。

「あれですよ」

佐久間さんが立ち止まり、建物を指す。木造で、少し月光荘に似ていた。戦後に建てられたという話だったし、同じくらいの時期のものかもしれない。前面はすべてガラス戸だが、内側に布がかかっているのでなかは見えない。

「ここにこんな建物があったんですねえ」

べんてんちゃんが建物を見あげた。

「いま開けます。ここで待っててください」

佐久間さんは建物の横にまわった。玄関はそちらにあるらしい。なかにはいるとすぐ、内側から布があがり、佐久間さんがガラス戸の錠を開ける姿が見えた。

がらがらっと引き戸が開く。ふわあっと感情のようなものが流れこんでくる。

ここ、声がするな。はじめから予感があった。月光荘のときと同じだ。だが、怖くはない。漂ってくる感情も、正体はわからないが悪いものではない気がした。

「どうぞ」

佐久間さんに言われるまま、安藤さんが敷居をまたいだ。手で布をよけ、なかにはいってゆく。藤村さん、木谷先生、べんてんちゃんも続いた。僕も少しためらいながら、布をよけてなかに足を踏み入れた。

薄暗い部屋。古い木の匂い。

なにもない室内に、太い柱だけが数本、天井に向かってのびている。暗い天井を見あげたとき、声がした。

——もういいかい。

——まあだだよ。

驚いて、耳を澄ます。子どもがかくれんぼするときみたいな声だった。もしかして外で子どもが、とも思ったが、そうではなさそうだ。

「先輩、どうかしましたか?」

べんてんちゃんの声で我にかえった。

「あ、ごめん、急に暗いところにはいったから」

ごまかして、目をこする。

「ああ、すみません、ちょっと暗いですよね。いまこの布を外しますね」

佐久間さんがそう言って、引き戸の上の棒から布を外す。藤村さんが佐久間さんに倣《なら》って、もう半分の側の布を外した。

さあっと外の光がはいってくる。

黒っぽい木の壁が広がっていた。奥の方まで土間が続いている。旭舎文庫と同じだ。奥は床があがって畳になっていて、二階にあがる急な階段がついていた。

「きれいですね。すぐ使えそうだ」

安藤さんがなかを見まわす。

「テナントがきちんと原状回復していったので、比較的きれいでした」

佐久間さんが答える。

「ここで珈琲豆を売るのか。なかなかいいですね」

木谷先生が言った。

「喫茶スペースをどこにしようか迷ってるんですよ。左右に分けるか、それとも入口に近い側と奥側で分けるか……」

「左右に分けた方がいいんじゃないですか？　入口側を喫茶スペースにすると、単なる喫茶店のように見えてしまうかもしれない」

「そうですね。豆を売っている、ってちゃんと見えた方がいいかも」

みんな室内をながめながら、店の造りについて話し合っている。僕はさっきの声が気になって、なかを歩きまわった。

また声が聞こえた。かすかな声だ。声は大きくなったり小さくなったりする。かくれんぼの鬼が隠れている人を探しているみたいに。

店の奥に近づいたとき、いちばん声が大きくなった。このあたりになにかあるのか？

目の前の壁には重そうな扉があった。

「倉庫の什器も見ておきたいですね」

うしろから藤村さんの声がした。

「ああ、そうだった、それを見せに来たんだった」

佐久間さんは笑った。

「倉庫はね、あっち。いま遠野くんが立ってる前にあるのが倉庫の扉なんだ」

佐久間さんの言葉に、はっと扉を見直す。

これが倉庫の扉。

佐久間さんがやってきて、カバンから鍵を取り出す。入口のごつい錠を開ける。

——もういいかい。

——まあだだよ。

扉が開いたとたん、さっきより近く、はっきりと声が聞こえた。

「まだ電気が通ってなくて。あかり取りの窓が上についてるだけだから、暗いでしょう？

だからこの前、電池式のランタンを持ってきたんですよ」

佐久間さんがかちんと電気をつける。ランタンの光で、蔵のなかに置かれたものがほんのり照らされた。

「いろいろありますねえ」

べんてんちゃんがめずらしそうにあたりを見まわし、隅の一角に近づく。

「そのあたりは、たぶんお菓子作りの道具だと思います。大きな鍋とか、調理器具みたいなものがたくさん置いてありましたから」

「ほんとだ。こういうの、うちにもありますよ」

べんてんちゃんは道具を見ながら言った。

「奥の方は生活雑貨ばかりなんですが。さっき話していた什器はこっちです」

佐久間さんが指した先に、ガラスのショーケースがあった。

「お、いいですねえ。むかしのお菓子屋さん、って感じで風情がある」

木谷先生がかがんでショーケースに顔を近づける。

「それから、こちらが浅い箱」

ショーケースの裏側に木の箱が積まれている。濃い茶色で、引き出しのような形だ。

「これに豆を入れてショーケースに並べたら、きっと素敵ですよ」

藤村さんがうれしそうに言った。

「和菓子屋のこういう箱は黒の漆塗《うるしぬり》が多いですけど、これは木の色なんですね。おしゃれだなあ。珈琲豆の色と似てますね」

べんてんちゃんが言った。

「いえ、珈琲豆がこういう濃い茶色になるのは、焙煎後なんですよ。うちはこのケースに生の豆を入れるつもりなんです。生の豆を見て選んでもらって、その場で焙煎するスタイルです」

「生の豆?」

べんてんちゃんが首をひねった。

「生の珈琲豆はもっと薄い色なんですよ。大豆みたいな」

藤村さんが言った。

「そうそう。生の豆は常温で保存が可能なんだよ。焙煎したあとは、味も香りもどんどん落ちてしまう。だから焙煎したてのものを買うのがいちばんいい」

安藤さんがべんてんちゃんに説明する。

「そうなんですか、知らなかった」

「ああ、生の豆はなかなか売ってないからね。ところで佐久間さん、豆は何種類くらい扱うつもりですか？」

安藤さんが佐久間さんに訊く。

「そうですね、常温で保存できると言っても、やっぱり鮮度が大事ですからね。あまりたくさん扱うのはちょっと。最初は、これぞ、という豆だけにして、様子を見ながら増やしていこうかと」

佐久間さんと安藤さんは豆の保存の話をはじめ、藤村さん、木谷先生、べんてんちゃんは菓子作りの道具をあれこれ見ている。

僕は少し離れたところで、家の声に耳を澄ましていた。歩きまわってみると、声は倉庫の奥の方でとくに大きく聞こえる気がした。

——もういいかい。

——まあだだよ。

奥の方の、生活雑貨が置かれている、と言われていた場所だ。勝手にはいりこむわけにもいかず、ときどき響いてくる声を遠くから聞いていた。

4

建物の外に出たときは、もう日が暮れかけていた。

藤村さんとべんてんちゃんの希望で、近くの雑貨店に寄った。藤村さん、べんてんちゃん、木谷先生は、かわいいですねえ、と言いながら並んだ雑貨をながめ、安藤さんと佐久間さんは店の外でなにか話している。

店を出たあと、中央通りまで歩いた。佐久間さんたちと木谷先生は東京に帰るために駅に行くそうで、連雀町《れんじゃくちょう》の交差点で別れた。

「あのふたりって、つきあってるんですよね」

中央通りを歩いていると、突然べんてんちゃんがつぶやいた。

「あのふたりって?」

安藤さんが訊く。

「佐久間さんと藤村さんですよ。親しそうだし、お店もいっしょにはじめるみたいだし、きっと、結婚するんですよね」

「いやあ、どうなんだろう。佐久間さんは前に、自分は一生結婚しない、って言ってたからねえ」

安藤さんがゆっくり答えた。

「一生？　なんでですか？」

「なんでかはわからないけど、そう決めてるんだ、って言ってたよ。そのときは、藤村さんもいっしょだったんだ。だから気になって藤村さんの方をちらっと見たんだが、そのことはもう了解してる、って顔で、驚きもしてなかった」

「それ、いつのことですか？」

「二ヶ月くらい前かな。あの建物のことで最初にうちに相談しにきたときだ」

「そうなんですか。じゃあ、いまも変わってないってことなんですね」

べんてんちゃんは残念そうにつぶやく。一生結婚しない、と言ったのが、もっと前、たとえば藤村さんと出会う前の話だと期待したのかもしれない。

それにしても、一生結婚しない、とは……。人にも話しているということは強い意志なのだろう。なにか事情があるのだろうか。

「べんてんちゃんはあのふたりのことが気になるんだね」

安藤さんが訊いた。

「だって、藤村さんは絶対に佐久間さんのこと好きだと思うんです。藤村さんって三十代半ばくらいですよね？　結婚したい、って思ったって、全然おかしくないでしょう？」

「なるほど、べんてんちゃんはけっこう古風なところがあるんだなあ」

安藤さんが笑う。

「もちろん、みんなが結婚しなくちゃいけないとは思いませんよ。木谷先生だって独身だし。けど……」

べんてんちゃんの言いたいこともわかる気がした。

「たしかに、いっしょに店を開くわけですよね。なら……」

僕も安藤さんに訊いた。

「いや、いっしょに店を開くわけじゃ、ないみたいだよ。あれはあくまでも佐久間さんの店。藤村さんはデザイナーだから、いろいろ意見を聞きたい、パッケージデザインもお願いしたいと思ってるから、って言ってた」

「でも、藤村さんは、絶対いっしょにお店をやりたいって思ってますよ。倉庫のものものすごく一生懸命見てたし……」

「まあ、それはね。でも、大人にはいろいろ事情があるんだよ」

安藤さんが微笑んだ。

——実は、うちの父は、わたしが子どものころに家を出て行ってしまいましてね。

佐久間さんの言葉がよみがえった。お父さんが失踪《しっそう》してしまった。もしかしたらそのことをいまでも気にしているのではないか。

「佐久間さんのお父さんに関係のあることでしょうか？」

僕は訊いた。

「そうなんだ。よくわかったね」

安藤さんがうなずく。

「自分の父親は家族を捨てて家を出て行った。自分にもその血が流れている。捨てられた側がどれだけ辛《つら》いかはよく知っている。だから同じことはしたくない。ずっと独身で、一生結婚するつもりはない、って」

「ええっ、なんでですか？　そんなの変ですよ。お父さんが家を出て行ったからって言って、息子も同じになるとはかぎらないでしょう？」

べんてんちゃんが声をあげた。

「わたしだって、そう思うよ。けど、これぱっかりはなあ。佐久間さんも大人だから、きっといろいろ考えたうえでのことだと思うし。他人は口を出せないよ」

安藤さんはそう言ったが、べんてんちゃんはまだ納得がいかないようで、ぶつぶつ文句を言い続けていた。

熊野《くまの》神社の前でべんてんちゃんと別れ、安藤さんと中央通りを歩いた。

「あの家、どうでしたか」

安藤さんが訊いてくる。

「いい雰囲気だと思いました。ああいう建物で珈琲豆《コーヒー》を売っているのも意外な感じがして、おもしろいんじゃないかと……」

「いえ、そういうことではなくて。遠野さん、あの建物で、とくに倉庫にはいったときに、なにか感じているように思えたので」

安藤さんがじっと僕を見る。ちょっとびくっとした。

「なにか？」

なんのことだろう？　たしかにあのとき僕は、家の声を聞いていた。

「いえ、あのときの表情がね。なんというか、遠いところを見ているような、心が向こう側に行ってしまった顔をしていたので」

安藤さんが、ふぉふぉっ、と笑った。

安藤さんのおだやかな笑顔を見た。前に木谷先生やべんてんちゃんにも指摘されたし、自分で思っているより顔に出てしまっているのだろうか。気取《けど》られないように少し気をついのだけれど。

「すみません、いえ、よく言われるんですよ。ときどき、心ここにあらずな顔になる、って。だから大学の後輩からも『仙人』なんていうあだ名をつけられちゃって」

ごまかし笑いをした。

「そうなんですか。実はわたしには、あなたが少し不思議な力を持っているように見えていましてね」

安藤さんが少しうつむきながら言った。ぎょっとして足が止まりそうになる。

「建物っていうのは不思議なものでね。この川越に暮らしていると、ときどき押しつぶされそうに感じることがあるんです」

安藤さんが顔をあげた。

僕はうまく答えられず、じっと黙っていた。安藤さんもしばらくなにも言わず、ふたり並んで歩き続けた。人形店や呉服店、古くからある商店の前を過ぎ、一番街の蔵造りが見えてくる。

「遠野さん、川越には慣れましたか」

急に安藤さんが口を開いた。

「え、ええ。なんとか……」

「古い町でしょう？　建物だけじゃない、人もね。ほかから来た人にとっては、むずかしいところもある」

「はい。でも、僕は……」

簡単に「好き」だとは言えない。まだ、好きとか嫌いとか意見できるほど住んでいない気もして、言葉に詰まった。

「ここにいると落ち着きます。でも、心の奥の方が高揚しているようにも感じます。夜なんか、胸のなかがざわざわしてくる。ほかでは感じない不思議な感覚です。変ですね、しずかだし、落ち着く、とも思いながら、都会より刺激的だとも感じる……」

「なるほど」

安藤さんは深くうなずいた。

「川越はよく小江戸と呼ばれます。それを支えているのは建物です。あの真っ黒い蔵造りの建物。だけど、それだけじゃない。あちらこちらにある洋館、町屋、昭和期の建物。そういうものがすべて合わさって、独特の景観を作っている」

「そうですね」

「こうした建物のひとつひとつの建物に記憶が宿ってる。わたしはときどきそう感じるんですよ。そこで暮らした人たちの記憶です。家は人の一部、いや、逆かな、こういう古い建物では、人が家の一部のような」

仲町《なかまち》交差点の信号が赤になる。安藤さんはじっと一番街を見た。

「古い建物に住むというのは、大きな魔物の腹にはいるのと同じだと思うんです。魔物と馴染《なじ》めず、原因に気づかないまま調子を崩してしまう人もいる。でも、あなたは、引っ越してきてすぐに、月光荘を手なずけてしまった。まだ若いのにね」

安藤さんが僕を見た。

「いえ、そんなことは……」

あれは、家がやさしかったからだ、と言いかけて、言葉を呑《の》みこむ。

「彼女も言ってましたよ。ほら、あの家に最初に住んでいた彼女。うちの店に来てね、あの家にも感じのいい人が住むようになった、って」

あの人がそんなことを……。

「わたしだってね、ずっと写真館だった店を喫茶店にするときは、家に反対されているような気がしたものですよ。ずっと暮らしてきた建物だから、なんとか折り合いをつけましたが、ここまでくるのにはずいぶんとかかりました」

安藤さんがふふっと笑う。

「最初は珈琲も納得のいくものが淹れられなくて、家内にも、まずい、って言われたりして、何度やめようと思ったことか。だけど、いつのまにか少しずつ、思った通りの珈琲を淹れられるようになって、常連のお客様もできた。これは完璧、って思える珈琲を淹れられることは稀《まれ》ですけどね。いつのまにか、建物からも抵抗を感じなくなりました。喫茶店であることを認めてもらっている気がします」

その通りだ。僕は少し笑いそうになる。

羅針盤の声は、珈琲の香りを楽しんでいる。安藤さんには言えないが、家には独特の嗅覚があるのか、珈琲の香りがよくないと、いまのはダメだねえ、などとささやいたりする。だが、うまくいったときは、ほんとうに満足そうに息をつくのだ。

それはもしかしたら、家に嗅覚があるのではなく、安藤さんの心を読み取っているのかもしれない。

「羅針盤はいいお店です。飾られている写真もとてもいいです。川越ってこういう町なんだって、認識が深まる。こうやってここでみんなが暮らしてきた。あそこにいくと、なぜか、ちゃんと生きなきゃ、って思うんですよ」

「そうですか。それはありがたい」

安藤さんがうれしそうにうなずく。

話すべきだろうか。家の声のことを。

この人なら理解してくれるかもしれない。だが、家に不思議な力がある、というのと、実際に声が聞こえる、というのでは大きな開きがある。

まだ黙っておこう、と思った。

「佐久間さんのところもうまくいくといいんだがねえ」

「そうですね」

佐久間さんのところ、というのは、新しい店のことだろうか。それとも藤村さんとのことだろうか。どちらかわからないままうなずいた。

安藤さんは菓子屋横丁近くの自宅ではなく、いったん店に戻るらしい。羅針盤に通じる路地の前で安藤さんと別れた。

月光荘に戻り、丸窓から空を見あげる。

――でも、あなたは、引っ越してきてすぐに、月光荘を手なずけてしまった。まだ若いのにね。

安藤さんはそう言っていた。だけど、僕の感覚からするとちがう。僕が手なずけたのではない。僕が手なずけられた？　いや、それもちょっとちがう。なんだろう、僕は……。

受け入れられた。

その言葉を思いつき、急にしっくりきた。

僕は受け入れられたのだ。この家に。ここに住むことという意味じゃない。僕が生きていることそのものが受け入れられた。

奇妙な表現かもしれない。人はひとりで生きるものだ。だれでも、生まれながらに生きる権利を持っている。生きるのにほかの人の許可はいらない。教科書にもそう書かれているし、理屈ではわかる。だが、ほんとうにそうだろうか。

祖父が死んでわかった。祖父は祖父なりに僕によい人生を歩んでほしいと願っていたのだと。僕はそう願われることで生きていた。たとえその願いが僕にとってわずらわしく苦しいものだったとしても、願われていたから生かされていた。

両親の死後、僕をこの世界に無理矢理つなぎとめていた祖父も亡くなって、僕は糸の切れた凧《たこ》のようになっていた。それを木谷先生とこの家が、もう一度つなぎとめてくれた。

家の歌を聞くたびに、僕はこの家で暮らした人々のことを思った。実際に彼らがそこに生きていたのを見ていたわけではない。僕の前に住んでいた大隅さんという家族の顔も知らない。会ったことがあるのは、最初にあの家に住んでいた女の子、年が経《た》ってすっかりおばあさんになった彼女だけだ。

それでも僕は、彼女の家族や、大隅さんの一家がここに暮らした息遣《いきづか》いのようなものとともに生きている。そうして生きていれば、いつか僕の居場所にたどり着くかもしれない、と思えるようになった。だからこそ木更津の家を出る決心ができたのだ。

家は歌だけでなく、言葉のようなものを喋《しゃべ》るようになってきた。いや、前から喋っていたのを、僕が聞き取れなかっただけかもしれない。まだなにを言いたいのかよくわからないが。

僕もときどき家に話しかける。むかし父や母と暮らしていた家のことを思い出す。はっきり覚えてはいないが、あのころも家と会話していたような気がする。

夜、ひとりでトイレに行こうと廊下を歩いていたとき。扉の前で急に怖くなって固まっていると、大丈夫だよ、という声がした。ひとりで熱を出して寝ていたときも、大丈夫だよ、というやさしい声がした。

あの声は、いま思うと母さんの声に似ていた気がする。もう母さんの声もはっきりとは覚えていないけれど。家は人の声を真似《まね》るのだろうか。

そういえば、佐久間さんの家のかくれんぼの声は、子どもの声と似ていた。

——もういいかい。

——まあだだよ。

声が耳奥によみがえり、公園でかくれんぼをして、迷子になったときのことを思い出した。

あれは小学校にはいったばかりのころだった。放課後、学校の友だちと公園に行って、かくれんぼをした。友だちにはじめて連れて行かれた、家から遠い、広い公園だった。遊具のある場所、花壇や藤棚《ふじだな》がある場所、ボール遊びができる場所。そのあいだが小道でつながっている。

僕は、花壇のあるスペースの隅にあるバラの茂みのうしろに隠れた。もしかしたらその場所はかくれんぼのルールで決められた範囲からはずれていたのかもしれない。いつまでたってもだれも見つけにこなかった。

はじめのうち、僕はうまく隠れられたと得意になり、さらに茂みの裏にはダンゴムシがいたり、セミの抜《ぬ》け殻《がら》が落ちていたりして、いつのまにかかくれんぼのことを忘れ、そちらに夢中になっていた。

日が暮れて暗くなってきて、急に心細くなって外に出た。呼んでみたが、返事はない。みんな僕がいたことを忘れて、家に帰ってしまったのだ、と気づいた。来るときは友だちに連れられて来たし、はじめての場所だったので、帰り道がわからない。

どうしたらいいかわからず、僕はただベンチに座って泣いた。公園から出て、大人を探せばよかったのだろう。でも、当時はそんなことは思いつかなかった。あたりはどんどん暗くなり、このまま家に帰れなかったらどうしよう、と思った。

そのときだ。遠くから、もりひとー、と僕を呼ぶ声がした。母さんの声だった。僕は立ちあがり、耳を澄ませた。

もりひとー。

もう一度声がした。あっちからだ。僕は声のする方に向かって、精一杯大きな声で、お母さーん、と呼びかえした。もりひとー、どこー。お母さんの声が近づいてくる。こっちだよー。声のかぎりに叫んだ。

やがて公園の入口に母さんの姿が見えたとき、僕はわあっと泣きながら、母さんのところまで走った。うれしかった。助かった、と思った。あのときの安心感は、いまでもよく覚えている。

僕が思う「受け入れられる」とは、あの感じそのものだ。

かくれんぼというのは、隠れるためにするのではなく、だれかに見つけてもらうためにするのかもしれない。隠れたまま、だれにも見つけてもらえないかくれんぼはさびしい。この世に自分しかいなくなってしまったような気持ちになる。

佐久間さんのお父さんは失踪したと言っていた。失踪というのも、一種のかくれんぼみたいなものかもしれない。長い長いかくれんぼ。
大人だから、いろんなことがあるのだろう。ほんとうに消えてしまいたい、と思ったのかもしれない。それでも、心のどこかに少しくらいは、見つけてほしい、という気持ちがあったのではないか。

――もういいかい。

――まあだだよ。

もしかしたらあの建物は、かくれんぼの声をよく聞いていたのかもしれない。遊んでいたのはだれだろう。子どもだったころの佐久間さんのお父さんだろうか。倉庫のなかに隠れている子どもの姿が目に見えるような気がした。

5

数日後、木谷先生のところに、佐久間さんからメールが届いた。
その日は佐久間さんの会社のお盆休み最後の日で、休みが明けたら会社に退職願を出す、残務があるのでしばらくは会社に出なければならないだろうが、少しずつ店の準備を進めていく、と書かれていたらしい。

また、改築にあたって、月光荘を手がけた建築士の真山さんを紹介してほしい、とあったそうで、木谷先生は島田さんを通して真山さんに連絡を取った。

真山さんも引き受けてくれたようで、八月最後の土曜日に視察に来ることになった。その日、先生は大学の仕事で川越に来られないため、真山さんを佐久間さんに紹介する仕事をまかされた。

土曜日、月光荘を早めに閉めて、佐久間さんの物件の前に集合した。佐久間さんと藤村さん、なぜかべんてんちゃんも来ていた。あとからやってきた真山さんに佐久間さんと藤村さんを引き合わせた。

「珈琲豆《コーヒーまめ》のお店にしたい、というお話でしたよね」

真山さんが訊いた。

「ええ、そうなんです。焙煎《ばいせん》の専門店で、生の豆をその場で焙煎して販売するつもりです」

「わたしも珈琲が好きで、一日に何杯も飲みます。でも、事務所では簡単に飲めるようにエスプレッソマシーンばかりで……。ときどききちんと淹れた珈琲を飲みたくなりますが、なかなか時間を取れないんですよね」

真山さんが苦笑いした。

「そういう時間を売る店にしたいと思ってるんですよ、わたしは」

佐久間さんが笑った。

「自分の道具で豆を挽き、道具や水質や温度に気をつかって抽出《ちゅうしゅつ》する。そういう時間です」

「淹れる手順まで楽しむ。茶道《さどう》みたいな感じですね」

真山さんが言った。

「集中して雑念を払う、という点では似てるかもしれません。でも、茶道は複数の人で行うでしょう? 『場』を共有することを大切にする。わたしは茶道の経験はないけど、おもしろいなあ、と思いますよ。いつか習ってみたい気もする。でもわたしの考える珈琲の時間には、そうした『場』は必要ない。珈琲の時間はひとりの時間です」

「ひとりの時間か」

「忙しくても、そういう時間を作るのって大切だと思いませんか。目の前の仕事や、考えごとをいったん中断して、手元の珈琲に集中する。それこそが真の気分転換になると思うんです」

「なるほど。いいですね、ひとりの時間」

真山さんがうなずいた。

「喫茶店に行くのもいい。プロが整えた空間で日常を離れることができる。でも、毎日は行けないでしょう？　だから自宅でそれと近いことができるよう、ちょっと手間をかけて珈琲を淹れる時間を提供したいんです」

「大人の店ですね」

べんてんちゃんが言った。

「いまお話を聞いてて思ったんですけど」

藤村さんが言った。佐久間さんが藤村さんを見る。

「喫茶店のカウンターって、珈琲の『場』みたいなものかもしれませんね」

藤村さんが言った。

「珈琲の『場』？」

「ええ。カウンターのなかでマスターが珈琲を淹れるのをじっと見て待つでしょう？　少しお茶の時間と似ているなあ、って」

「ああ、そうかもしれませんね」

「このお店ができたら、きちんとした珈琲の『場』を作ってもいいかもしれませんよ。喫茶のスペースに人を集めて、お点前《てまえ》みたいに、店主が豆を挽いて珈琲を淹れるのをみんなで見ながら待つんです」

「おもしろいですね」

真山さんが目を輝かせる。

「手動のミルをみんなで回して豆を挽く、なんていうのもいいかもしれません」

「なんだかお店作りが楽しみになってきましたねえ。建物の雰囲気もいいし。まずは建物の状態をちょっと見てみましょうか」

真山さんが笑いながら部屋のなかをながめた。


佐久間さんの希望もあり、外観は補修程度で、元のままの形を生かすことになった。あとは内装だ。

いま壁は壁紙で仕上げられているが、やや汚れが目立つ。土間の床も傷んでいる。窓もいまの木の枠のままいくか、断熱を考えてサッシに変えるか。居住性を考えれば最近の建材を使った方がよいが、雰囲気も大切だ。

ひとつひとつどのように仕上げるか、予算も考え検討しなければならない。真山さんの事務所では、伝統工法から現代的な工法まで要望に合わせて対応できるらしい。それだけに選択肢が多かった。

「これは困ったなあ」

　佐久間さんが頭を抱えた。

「なんというか、建築は専門じゃないですし、真山さんのお話をいくら聞いても、仕上がりがどうなるのかまったく想像がつかない」

「はじめはみなさんそうおっしゃいます。でも、できちゃってから、これはちがった、ってなると困りますしね」

「全部おまかせ、ってわけにはいかないんですか」

　佐久間さんが困り果てた顔で言った。

「家の場合も、おまかせ、って言われて、ほんとに好きなように家を建てちゃう建築家もいますけど、そういう家が住む人にとっていいかどうかはなんとも言えないんですよ。お店も同じです」

　真山さんが苦笑いする。

「見た目や雰囲気も大事ですけど、使い勝手や快適さも大事ですよ。店のなかが寒すぎたり、暑すぎたりするのはよくないでしょう？　飲食店ならとくにね。そういう店には人が居着かない」

「たしかにそうですね」

佐久間さんがうなずく。

「それに、店の構造をどうするか、まだ決め切れてなかったなあ。焙煎の機械をどこに置くか、客席をどう作るか」

「そうですね、まずは全体をどういう形にするか考えましょうか。それによって壁を増設する必要が出てくるかもしれません。飲食できるようにするなら、お客様用のトイレも必要ですし」

「そうか、これはなかなか大変だな」

「まずは叩《たた》き台としてこちらでプランをいくつか出してみましょう」

「そうですね、お願いします」

佐久間さんは少しほっとしたような顔になった。

契約など細かい相談があるということで、佐久間さんはいったん真山さんの事務所に行くことになった。

「悪いんだけど、藤村さんはここに残ってもらってもいいかな?」

佐久間さんが訊いた。

「かまいませんけど……」

藤村さんはうなずいてから、首をかしげた。

「実は、姉が来ることになってるんだ」

「蒼子《そうこ》さんが？」

「うん。この建物を見に来る約束をしてて」

「そうなんですね。じゃあ、留守番しておきます。建物の様子を撮影しておこうと思ってたんです。お店のサイトを作るときに使えるかもしれませんし」

「なるほど。じゃあ、まかせていいかな」

「はい」

「倉庫の鍵も渡しておくよ」

佐久間さんはカバンから鍵を出し、藤村さんに渡した。

ふたりが出ていったあと、藤村さんはカメラをかまえ、店のなかを撮影しはじめた。べんてんちゃんは撮影を手伝いながら、藤村さんと川越の雑貨店のことを話している。

「ごめんくださーい。晃平、いる？」

外から声がして、がらがらっとガラス戸が開いた。ショートカットですらっとした女の人が立っていた。

「あら、藤村さん。晃平は？」

さっき話していた佐久間さんのお姉さんらしい。

「いま、建築士さんの事務所に行ってるんです。いろいろ相談があるみたいで」

「そうだったの。今日の午後に行くから、建物を見にきてくれ、って言われて、わざわざ来たのに……」

蒼子さんが店のなかをぐるっと見まわす。

「そんなに時間はかからないと思います」

「ふうん。まあ、待つしかないわね」

ぼやきながら、店の隅に置かれていた折りたたみ椅子を出してきた。

「こちらの若い方たちは？」

「ふたりとも川越に住んでいる方たちなんです。こちらの遠野さんが、月光荘という古い建物に管理人として住んでらして、そこの改築を請け負った建築士さんを紹介していただいて……」

藤村さんが説明しようとするが、状況がややこしく苦労している。

「月光荘？」

蒼子さんが首をかしげた。

「菓子屋横丁の近くの古い民家です。僕は遠野って言います。ゼミの先生が月光荘の家主と大学時代の同級生で、先生の紹介で住みこみ管理人になりました。こちらの松村《まつむら》さんは同じゼミの大学三年生で、川越に住んでいるんです」

「なんだか、ややこしいわね。でも、だいたいわかったわ。わたしは本川《もとかわ》蒼子。晃平の姉です」

「はじめまして、松村果歩《かほ》です」

べんてんちゃんが頭をさげる。佐久間さんと少し顔立ちが似ている気がした。最初に会ったとき、佐久間さんがお姉さんがいると言っていたのを思い出した。お姉さんは川越の駐車場を継ぎ、自分はここを継いだのだ、と。

「晃平、ほんとにお店はじめる気みたいね」

蒼子さんは藤村さんに言った。

「ええ。長年の夢ですし。この建物を見て、ぴんときたみたいで」

藤村さんが答える。

「会社辞めるって聞いて、びっくりしたわよ。あの堅い真面目《まじめ》人間が、って。まあ人一倍几帳面《きちょうめん》だから、準備もちゃんとしてるんだろうし、そんな無茶苦茶なことはしないだろうけど……」

蒼子さんは、ははははっと笑った。

「ここで珈琲豆の店か。うまく作れれば悪くないかもね。藤村さんがいるから、お店のデザインもバッチリだろうし」

蒼子さんが藤村さんを見た。

「いえ、わたしは……。紙のデザインが仕事ですから」

「そんなことないでしょ。藤村さん、センスいいもの。前に見せてもらった雑貨屋さんのディスプレイだって素敵だったし」

「雑貨屋さんのディスプレイ？」

べんてんちゃんが藤村さんの顔を見る。

「ええ。友人の雑貨店のディスプレイのデザインを手伝ったことがあるんです。小さなスペースだったけど、けっこう楽しくて」

藤村さんが恥ずかしそうに答えた。

「なるほど。だからこのあたりの雑貨屋さんにあんなに関心を持ってたんですね」

べんてんちゃんがうなずいた。

「藤村さんがいっしょに店を作ってくれると、わたしとしては安心なんだけどなあ。晃平は珈琲にはくわしいけど、珈琲のことしか考えてないのよね。こういう店は空間づくりがいちばん大事だから」

蒼子さんはなかなか押しの強い人らしい。藤村さんの方は話を聞きながらたじたじとなっている。

「あの、すみません」

べんてんちゃんが横から口をはさんだ。

「これ、前から気になってて、訊いていいか迷ってたんですけど。藤村さんと佐久間さんって、つきあってるんですか？」

ああ、訊いてしまった。

僕はあわてた。こんな微妙な話、しかも、佐久間さんのお姉さんのいる前で。べんてんちゃんって、天然なのか、それともすごい度胸があるのか。

「どうなんですか、だって」

蒼子さんが藤村さんの肩をぽんと叩《たた》いた。

「ええと……よく、わからないんです」

藤村さんは戸惑ったようにうつむく。

「わからないって、まだそんなこと言ってるの？」

蒼子さんが呆《あき》れ顔になった。なんとなくわかる気がした。藤村さんという人は、きっとそういう人なのだ。

「藤村さんは佐久間さんのこと、好きなんですよね？」

べんてんちゃんが詰め寄る。

「はい」

藤村さんはちょっと目をあげてからうつむいた。

「佐久間さんだってお店の話に連れてくるくらいだから、藤村さんのこと、好きなんじゃないですか？」

「その通りよ。まったく、中学生じゃないんだから」

蒼子さんがため息をついた。僕は女性三人の会話にはいることができず、少し離れたところからそのやりとりを聞いていた。

「でも、佐久間さんは、自分は一生結婚するつもりはない、って、前から……。わたしも、家族や友だちに相談したんです。みんな、そんな結婚するつもりのない人とつきあうのはおかしい、って。わたしももう三十五歳だし、でも……」

藤村さんが口ごもりながら言うと、蒼子さんはまたしても大きくため息をついた。

「晃平、まだそんなこと言ってるんだ」

「まだ？」

べんてんちゃんが訊いた。

「あの子、父親のことを気にしてるのよ」

「お父さんって、失踪しちゃった、っていう？」

「そう。父がいなくなったとき、晃平は五歳。わたしはもう十歳だったから、晃平よりは状況がわかってるつもり。父はやさしいけど、気の弱い人だったの。頼まれると断れないたちで、言われたことは全部引き受けてしまう。でも、器用なわけじゃないから失敗する。失敗すると落ちこんで引きずる。そんなだから会社勤めには向かなくて、どこにいっても長続きしなかった」

「そうだったんですか」

べんてんちゃんが、うんうん、と大きくうなずく。

「だから、家計は教員だった母が支えていたの。結局、失踪したのも、そのことに引け目を感じてたからなんだよね。この家は自分なんかいなくても、とか、いない方が、とか、そんなことばっかりぐずぐず言って、母もだんだん疲れて相手をしなくなって……。ある日、会社に行くって家を出たきり、帰ってこなくなった」

藤村さんは蒼子さんの話をじっと黙って聞いている。

「仕事でも、できないことまで引き受けて、ぎりぎりまでひとりで抱えこんで、もう無理、ってなって投げ出しちゃったんだと思う。母は大変だったんだよね。父が会社にもなにも言わず逃げちゃったから。学校が終わってから、あちこちに頭をさげてまわった」

「それで、どうなったんですか？」

べんてんちゃんが訊いた。

「どこに行ったかわからない、連絡もつかない、で何ヶ月も過ぎた。母も意地っ張りだから、父のことを探しもしなかった。怒ってるのか、呆れてるのか、その両方か」

蒼子さんが笑った。

「でも、わたし、学校の帰りに何度か、学校の近くでお父さんっぽい人を見かけたことがあるんだよね。すぐ逃げちゃったから、本人かはわからないけど……」

「お父さんもほんとは帰りたかったんじゃないですか？ でも引っこみがつかなかった、とか？」

べんてんちゃんが首をかしげる。

「そうかもね。けど、母からしたら、そういう甘えたところも許せなかったんじゃないの。まあ、わたしでも同じようにしたかもね。恋人同士とか、結婚しても子どもがいないうちだったら相手の子どもっぽいところも許せるけど、子どもができると、女は相手に厳しくなるから。ちゃんと大人として役割を果たしてくれ、って思う」

「そういうものなんですか？」

べんてんちゃんは、おお、なるほど、という顔になる。

「わたしも親になってわかった。女の方は子どもができると、家でもずっと大人でいなくちゃならなくなるからね。相手が家で甘えてると理不尽に腹が立ったりする。まして、うちの母は家事も育児もして、家計も支えていたわけだから、余計よね。だけど、父からしたら、それもプレッシャーだったんだと思う」

少しわかる気がした。悪いと思っていても謝れない。謝ったからといって、許されない。相手が反省しているとわかっていても、許すことができない。人と人がいっしょに暮らすということは、なんとむずかしいのだろう。

「母も意地っ張りな人だから、帰ってきてくれ、なんてかわいいことは言えない。向こうが謝ってくるなら考えてもいい、くらいの気持ちだったのかもしれないね。そのまま何十年も過ぎちゃった。結局父が亡くなるまで、一度も会わなかったの。別に一生会わないつもりだったわけじゃないと思うよ。そんな年じゃなかったし、母からしたらまだ先があると思ってたんだろうなあ」

「お葬式は？」

べんてんちゃんが訊いた。

「だれもほかにする人がいないし、うちが出すしかない、って言って、結局母が取り仕切ったの。家族だけの小さなお葬式だった。母は終わったあと、せいせいした、って言ってたけど、夜、ひとりで泣いてたよ。自分がさびしかった、とかじゃなくて、父がずっとひとりぼっちだったのが不憫《ふびん》だったのかもしれない。こうなったのは自分が許さなかったからだね、って後悔してた」

「そうだったんですか」

「母もほんとは許してたんだと思うよ。少なくとも気持ちはおさまってた。だけど、子どもたちを置いて逃げちゃった人を許しちゃいけない、っていう気持ちが強かったのかもね。正義感の強い人だから。許せるけど、許しちゃいけない、っていうか。母のそういうとこ、父がどれだけわかってたかはよくわからないけどね」

「むずかしいものなんですねえ」

べんてんちゃんが腕組みする。

「ともかく晃平は、自分が父親みたいになることをずっと怖れていて……。自分も、家族ができても、結局手放してしまうんじゃないか、って。父みたいになるのがイヤで、すごく慎重な性格になった。完璧に計画を立て、できないことは引き受けない。ひとつのところでちゃんとやってこられたんだから、それだけでも父とはちがうのにね」

「でも」

藤村さんが小さくつぶやく。

「だから、お店はじめるのもずっと悩んでたみたいなんです。会社を辞めることにもためらいがあるし、お店をちゃんとやっていけるのか、途中で全部投げ出してしまうんじゃないか、とか」

「そうなんですか？　そんなふうに見えませんでしたよ。どんなお店にするかもちゃんと考えてるし、すごく慎重だし。父もよく言ってます。商売には、思い切りや度胸も大事だけど、実は慎重さと粘り強さの方が大事なんだ、って。思い切りや度胸を使うのはせいぜい年に一度、ほかの三百六十四日は慎重さと粘り強さで乗り切るんだ、って」

べんてんちゃんが言った。

「へえ、松村さん、だっけ？　おうち、お店なの？」

蒼子さんが訊いた。

「はい、川越で和菓子屋をしてます」

「まったくそうよねえ。晃平はわたしとちがって慎重だし、粘り強さもある。そういうとこ、実は父から受け継いだものかもしれないけど、父の場合は、とにかくなにかうまく世の中と嚙《か》み合わなかったのよねえ。母が強すぎたのもよくなかったのかもね」

蒼子さんはまた息をついた。

「けど、とにかく、父が失踪したから結婚する自信がない、なんてのはナンセンスよ。父親は父親、自分は自分じゃないの。わたしは結婚して子どももいて、離婚も別にしてないし。そりゃ似るとこもあるだろうけど、完全に同じじゃ、ないんだから」

「そうですよ。だから、藤村さん、もうちょっと押してみたらどうですか？」

べんてんちゃんが藤村さんに言った。

そんなこと、言ってしまっていいのか？　聞きながらびくびくした。

藤村さんは目を丸くして固まっている。

蒼子さんもべんてんちゃんも、度胸があるなあ、と思う。僕はあんなふうに他人の人生に口出しできない。だから深い関係を築くことができないのかもしれない。

藤村さんも佐久間さんも、僕と似たタイプなのかもしれない。慎重で、人の気持ちに立ち入ることができない。

「こういうのはどっちかが足を踏み出さないと、どうにもならないから」

「そうですよ。まわりの人の意見じゃなくて、藤村さん自身はどうしたいんですか」

ふたりが詰め寄る。

「わたしは……」

藤村さんは口ごもった。

「わたしももう三十五歳ですし、佐久間さんも四十二歳。ここまでひとりでやってくると、ずっとひとりでも大丈夫な気がしちゃうんですよ。いっしょに暮らすとなれば、いろいろ変えなくちゃならないし。そこまでしなくてもいいんじゃないか、って。でも、そうですよね。なにかをしようと思ったら、少しは苦労もしなくちゃいけない。それでもやっていく気があるかどうか、なんですよね」

自分に言い聞かせるようにつぶやく。

「ねえ、藤村さん」

蒼子さんが真面目な顔で藤村さんを見つめた。

「わたし、晃平には藤村さんがいいと思うの。ここのお店だって、藤村さんがいれば安心できる。もちろん、藤村さんが決めることだけど」

蒼子さんの言葉の途中で、がらがらっとガラス戸があいた。佐久間さんだった。

うわっ、と声をあげそうになる。

「あれ、姉さん。ごめん、もう来てたんだ」

佐久間さんが蒼子さんに言う。

「ああ、早かったじゃない。別にいいわよ。藤村さんたちからいろいろ話も聞けたし。建築士さんの方はどうだったの？」

蒼子さんはさっきまで話していたことをおくびにも出さず、そう訊いた。べんてんちゃんも、これまでの会話がなかったみたいに平然としている。

「うん。よさそうな人だった。川越の古い物件の改築をたくさん手がけている人でね、安心してまかせられそうだよ」

佐久間さんはほっと笑う。

「でも、なんだか信じられないなあ。ここでほんとに店を開くことになるなんて。こうやって話が進みはじめると、うまくいくのか不安になってくる」

建物のなかを見まわす。蒼子さんの話を聞いていたからだろうか、これまでとちがって、どこか心もとない表情に見えた。

「安藤さんからも、最初の数ヶ月は赤字覚悟で、って言われたけど……。この年になって、会社員には戻れないだろうし」

「あんたはまた。もう退職願も出しちゃったんでしょ。進むしかないじゃない。慎重なのもいいけど、たいがいにしなさいよ」

蒼子さんが呆れ顔になった。

それからしばらく蒼子さんといっしょに建物を見たり、倉庫のなかにあるものを調べたりした。倉庫のなかに店で使えそうな家具がいくつも眠っていることがわかり、佐久間さんたちは次の週末にまた建物に来ることになった。

―6―

次の土曜、月光荘の番はほかのゼミ生にまかせて、僕たちはふたたび佐久間さんの店に集まった。

佐久間さんはいるのに藤村さんがいない。どうしたのかな、と思っていると、少し遅れてべんてんちゃんといっしょにやってきた。

「べんてんちゃん、どうして藤村さんと？」

不思議に思って訊く。

「実はね、藤村さん、昨日うちに泊まったんですよ」

「え？　泊まった？」

「はい。いろいろありまして」

べんてんちゃんはなんだかうれしそうに言う。

「いつのまにそんなに仲良くなったの？」

「先週の土曜のあと、藤村さんからメールが来たんですよ。うちのお菓子を食べてみたい、って。それから何回かやりとりして、そういうことに……」

べんてんちゃんの説明は、大事なところがすっ飛ばされ、まったくわからなかった。

藤村さんとはけっこう年齢が離れているけど、べんてんちゃんなら不思議ではない気がする。僕のときもそうだった。いつのまにか月光荘にやってくるようになり、すっかり打ち解けてしまった。

不思議なのは、べんてんちゃんは大学ではそこまで友だちが多いわけでもない、ということだ。ゼミの子ともうまくやっているし、仲のいい子もいるみたいだが、いつでも人に囲まれているというわけでもない。ひとりで図書館にいる姿もよく見かける。とにかく友だちを増やそう、というタイプではないらしい。

少し遅れて、木谷先生がやってきた。

全員そろったところで佐久間さんが鍵を開け、倉庫のなかにはいった。

あかり取りの窓からの日差しが、山積みになった家具を照らす。細かい埃《ほこり》がきらきらと舞っているのが見えた。

——もういいかーい。

——まあだだよ。

子どものあかるい声がした。

かくれんぼ。

その声を聞きながら、もしかしたら、家はこの声でなにかを伝えようとしているのかもしれない、と思った。

「この棚、使えるんじゃないでしょうか。下は収納に使えますし」

べんてんちゃんの声がした。

「いいですね。同じ和風でも、けっこう雰囲気がちがうものもありますからね。ガラスのショーケースをメインにするなら、あの木枠の色のトーンをそろえた方が統一感があっていいかもしれません」

藤村さんがうなずく。

「椅子はどうしようか。ここにいくつかあるけど、そろいのものはあんまりないな」

佐久間さんが首をひねる。

「全部完全に同じ形じゃなくてもいいと思いますよ。色か形、どちらかがそろっていれば、意外としっくりくるものなので」

みんなが話し合っているのを聞きながら、僕はさらに奥の方へ進んだ。家の声が大きくなる。背の高いタンスや本棚の隙間を抜けると、声がぴたりとやんだ。

目の前に木の箱が置かれていた。人がすっぽりはいるような、大きな箱。母方の祖父の家で見たことがある。

これは……長持《ながもち》だ。

「先輩、なにしてるんですか？　そんな狭いとこで」

べんてんちゃんがタンスの隙間から顔を出す。

「いや、これ……」

「うわあ、長持。古そうですね」

べんてんちゃんが声をあげた。べんてんちゃんも「長持」という言葉を知っていた。古い家の生まれだから、こういうものにも慣れているんだろう。

「なにかありましたか？」

やってきた藤村さんに訊かれ、べんてんちゃんが長持を指した。

「それは？」

「長持ですよ。むかしの人が布団や着物をしまうのに使ってた」

べんてんちゃんが答える。

「ああ、これが……。時代劇でしか見たことなかった」

藤村さんが笑った。

「でも、重厚で、いいですね。細工もきれいだし、これもお店で使えそう」

長持のあちこちをながめながら藤村さんが言った。なかなか立派な造りで、家紋もはいっている。

「どうかした？」

藤村さんのうしろから佐久間さんの顔が見えた。

「遠野さんがこれを見つけて」

「長持？」

佐久間さんがタンスの隙間から長持をじっと見た。

「あれ？　ちょっと待てよ」

目を細めて首をひねる。

「これ、どっかで見たことがあるような……」

「前に来たときですか？」

「いや、ここでこれを見るのははじめてだと思う。そうじゃなくて、なにかこれと似たような……」

じっと目を閉じて考えているが、思い出せないようだ。

「なか、なにかはいってるのかな？」

べんてんちゃんが長持に顔を近づけた。

「開けてみましょうか？」

木谷先生が佐久間さんに訊いた。

「そうですね」

佐久間さんが目を開けて言った。

「でも、ここはちょっと暗いですよ。外に出しましょうか」

たしかに暗いし、狭い。

「すごく重そうですけど、動くんでしょうか」

べんてんちゃんが言う。

「これ、車長持みたいだよ」

木谷先生が長持の下を見て言った。

「車長持？」

「移動できるように底に車をつけた長持だよ。だから、押せば動くと思う。でも……」

木谷先生がタンスの方を見る。問題は長持がこのタンスとタンスの隙間を通るか、ということだ。

「こっちはわりと隙間が広いですよ」

べんてんちゃんが広めの隙間を指して言った。

「うん。そこならいけそうだ」

木谷先生もうなずいた。佐久間さん、木谷先生と三人で長持を押す。なかなか重い。いくらなんでも箱だけでこんなに重いとは思えない。なにかはいっているのだろう。

一度転がりだすと、意外と楽に押すことができた。なかでなにかがかたかたと音を立てる。この音はなんだろう。衣類や布団ではない。木？

位置を調整しながら、べんてんちゃんが示した隙間を通って外に出る。広い場所まで出して、止めた。

「じゃあ、開けてみましょう」

佐久間さんが言った。

「これはなんだかわくわくしますね。すごいお宝がはいってるかもしれない」

木谷先生が目を輝かせた。

「お宝……」

佐久間さんがぼうっとその言葉を唱える。

「じゃあ、いきますよ。遠野くん、そっちを持って」

「あ、はい」

蓋《ふた》に手をかけようとしたとき、また声がした。

――もういいかーい。

はっとして手を止める。

――もういいよー。

え？「もういいよ」？

どういうことだ？　これまではずっと「まあだだよ」だったのに。

もしかして、これが答えなのか。家が教えたかったのは、これのことだったのか。

なんだろう？　なにがはいっているんだろう？

蓋に手をかける。手が少しふるえていた。木谷先生が、よいしょっ、と声をあげる。

僕もタイミングを合わせて蓋を持ちあげた。ぎぎっとちょっと軋《きし》んで、蓋が開いた。

「これは」

木谷先生が声をあげた。

長持のなかには、長方形で分厚い木の板のようなものがたくさんはいっていた。まな板より分厚く、模様のようなものが彫られている。小学生の筆箱くらいの大きさのもの、もっと細長いもの、大きなもの、小さなもの……。

「木型《きがた》じゃないですか！　すごい！」

藤村さんの声がした。

「木型？」

なにに使うものなんだろう。

「干菓子の木型ですよ」

べんてんちゃんが言った。

「打ち物菓子はこの型を使って作るんです。うちも和三盆《わさんぼん》を固めるのに使ってますが、こんなに立派な木型がたくさんあるのを見たのははじめてです」

藤村さんが答える。

もともと、菓子は祭礼のときに使われるものだった。祈りの象徴だったのだ。だから花や魚、鳥など四季の風物、宝尽くしなど美しい形に整えられていた。茶道の場でも洗練された美しさを持つ菓子が求められた。

美しい形の菓子を作るため、江戸時代から、木型職人たちが凝った木型を作るようになった。何種類ものノミと彫刻刀を用い、細かい細工をほどこす。

木型自体が芸術作品のようだ。型であるから、実際のものとは左右も凹凸《おうとつ》も逆になる。むずかしく、手のかかる作業であることから、いま複雑な木型を作れる職人は全国でも数人しかいないらしい、と藤村さんは言った。

「以前はうちの実家のあたりにも木型職人さんがいたらしいんです。でも、いなくなってしまった。だから、型は別のところから取り寄せています。いまはこんな大きな型を使うことはないですけど、むかしはこんな立派なお菓子が作られていたんですね」

藤村さんが大きな鯛《たい》や鶴の型を手にとる。鱗《うろこ》や羽根まで細かく彫られ、生きているような躍動感があった。

「こんな立派な木型、いま作ろうとしたら相当な額ですよ。大きなものは、ひとつで数十万すると思います。それがこんなにたくさん」

藤村さんが高揚した声で言った。

「ほんとにあったんだ……」

佐久間さんがぼんやりつぶやく。

「ほんとに？　どういう意味ですか？」

木谷先生が訊いた。

「むかし、父が言ってたんです。自分の実家にはお宝が眠ってる、とか。こういう箱にはいっているから、って絵を描いて。この長持みたいな絵をね。思い出しました。さっきこれを見たとき、どっかで見たことがあるような気がしたんです。なんでだろう、絵のことなんて、いままですっかり忘れてたのに」

佐久間さんはじっと木型を見おろしている。

やはりこれのことだったのか、家の声が言っていたのは。これがここに隠れていること
を伝えたかったのか。
声にそんな意思があるのか、わからない。けれど、さっきこの長持を開けようとしたと
き、声ははじめて「もういいよ」と言った。
不思議にあかるい声だった。見つけられるのを待ってたみたいに。見つけられたことが
うれしくてたまらないみたいに。
木型たちが細い光を浴びている。長持のなかでずっと開けてもらうのを待っていたのか
もしれない、と思った。
「ほんとうにお宝だったんですね」
木谷先生がしずかに言った。
「でも、どうしましょうねえ。そんなに価値のあるものなら博物館に寄贈するとか。なん
だか手放すのももったいないような……」
佐久間さんは少し笑いながら木型を見つめた。
「これ、お店に飾ったらいいんじゃないですか？」
べんてんちゃんが言った。
「ああ、なるほど、それはいいかもしれない。ここがむかし和菓子の店だった、っていう

名残にもなるし」

「これ自体うつくしいですからね。見ていて飽きない。すばらしい伝統工芸品ですよ」

木谷先生が目を細めた。

「それもありますけど……」

佐久間さんは木型をひとつ手に取った。

「なんだろう、いまこれを見て、むかしとつながった気がしました」

木型の溝をそっとなでる。

「父が失踪してしまったので、わたしは父方の親族と縁が薄いんです。祖父母の記憶もあまりない。そのことがなんとなくずっと気になっていた。自分が半分欠けているような気がして。もう父とも祖父母とも会えないけど、これを飾っておけば、先祖に守られるような、そんな気がしました」

「あの、佐久間さん」

遠慮がちに藤村さんが言った。

「飾るのもよいと思いますが、この木型、まだじゅうぶんに使えます。大きなものの使い道は思いつきませんが、こちらの小さいものなら」

そう言って細長い木型を差し出す。小さな花の型がいくつも並んだものだ。

「これで『和三盆』を作って珈琲に添えたら喜ばれるんじゃないか、と……」

少しずつ声が小さくなり、目を伏せる。

「佐久間さんは珈琲にお砂糖なんて、と思われるかもしれませんけど、わたし、家で珈琲を飲むとき、よく小さな和三盆を合わせるんです。ケーキやチョコとちがって油脂を使っていないので、重くない。和三盆が口のなかで溶けたあと珈琲を飲むと、すごく、おいしくて」

佐久間さんは驚いたように藤村さんを見た。

「邪道かもしれないですけど」

「いや、いいんじゃないかな」

佐久間さんが言った。

「喫茶をするからには、ケーキかチョコみたいなものも準備しないといけないな、と思ってはいたんだ。ケーキは日持ちもしないし、チョコかクッキーか。でも、そっちがメインになってしまうのも抵抗がある。ちょうどいいと思う。和三盆、口どけもいいし、押しつけがましくない甘さで、珈琲にぴったりだ」

「ほんとですか？」

藤村さんがほっと笑顔になった。

「ここに、小さな花の型がいくつかあって……」

藤村さんはさっきの細長い型を何本も取り出した。

「これ、四季折々の花だと思うんです。桜とか朝顔とか小菊とか、その季節の花の和三盆を添えたら、いいかなあ、って」

「それ、素敵です！」

べんてんちゃんが声をあげた。

「わたし、珈琲は苦手だけど、そういうおまけがあればがんばれるかも！」

元気よくそう言うと、みんな笑った。

家も笑っている。天井からころころと子どもの笑うような声が聞こえ、よかったな、と思った。


日が暮れるころ店を出た。

木谷先生は用があるらしく、急ぎ足で川越市駅《かわごえし》の方に向かっていった。佐久間さんと藤村さんも帰るのだとばかり思っていたが、どこか行くところがあるらしく、一番街に出て、札《ふだ》の辻《つじ》の方に歩いていった。

「いつのまにか藤村さんとずいぶん仲良くなったんだね」

べんてんちゃんとふたりになり、並んで歩きながらそう訊いた。

「実は、昨日藤村さんがうちに泊まったのはですね」

べんてんちゃんはもったいをつけるように少し笑う。

「今朝、川越氷川神社に行くためだったんですよ」

ややあって、得意げに言った。

「朝？　どうして？」

お参りだろうか。佐久間さんのお店がうまくいくように祈願しに、とか？　でも、おかしいな。川越氷川神社は縁結びや家内安全にご利益があると、前にべんてんちゃんから聞いたような。商売繁盛は出世稲荷神社ではなかったか。

「遠野先輩は、知らないですよねえ。川越氷川神社には、最強の縁結びのお守りがあるんですよ」

「縁結び……」

あっ、と思った。

「『縁結び玉』っていうんです。氷川神社には『境内《けいだい》の小石を持ち帰って大切にすると良縁に恵まれる』っていう言い伝えがありまして、『縁結び玉』は、特別に巫女《みこ》さんが拾い集めた白い小石を麻の網で包んで、神主さんがお祓《はら》いをしたものなんです。一日限定二十個。だから早朝から並ばないと手にはいらないんです」

「その話、藤村さんが？」

「わたしが教えたんですよ。これはだれかがうしろから押さないと話が進まないな、って思って。縁結び玉のことは前に友だちから聞いたことがあって、まずはそれをゲットしましょう、って藤村さんを誘ったんです」

さすがべんてんちゃんだ。感心するような、呆れるような気持ちになった。だが、藤村さんも、誘われてべんてんちゃんの家に泊まっていっしょに神社まで行ったのだから、それだけ想《おも》いは強かった、ってことなんだろう。

「おせっかいかなあ、とは思ったんですよ。でも、藤村さん、いい人じゃないですか。佐久間さんも、お父さんのことにこだわってるみたいですけど、気にすることないと思うんですよ。蒼子さんも言ってたけど、親は親、子どもは子どもですよね。似てるとこはあるけど、全部いっしょじゃない」

「そうだね」

「それに、わたしも『縁結び玉』に興味があったんです。一度本物を見てみたかった。だからふたりで六時起きして、氷川神社まで歩いていったんです」

「で、どうだった？」

「いただくことができました。きれいな石でしたよ。真っ白くて。それが網にはいってい る。『生涯を共にするお相手と巡りあえましたとき、おふたりでお参りのうえ、神社へお戻しください。縁結び玉の代わりに、おふたりのご縁が長く、堅くつづくよう祈願した特別なお守りを差し上げます』って。素敵でしょう?」

べんてんちゃんは目をかがやかせる。

「それに、ほんとに効能があるんですよ。行きは煮え切らなかったのに、『縁結び玉』を受け取ったら、藤村さん、変わったんです。やっぱりがんばってみる、って。帰りに佐久間さんを誘っていっしょに氷川神社に行って、そこで気持ちを伝えてみる、って」

「すごいね、べんてんちゃんは」

「え?　わたし?　ちがいますよ、すごいのは『縁結び玉』です」

べんてんちゃんが不思議そうな顔でこっちを見た。

「そうだね。きっと『縁結び玉』にはすごい力があるんだと思うよ。ただ僕は……」

少し言葉に迷った。

「べんてんちゃんのしたことはまちがってない。そう言いたかっただけ」

前を向いたまま言った。

「まちがってない?」

べんてんちゃんはぽかんとした顔になる。どういう意味かよくわからない、という表情だ。

僕も、よくわからない。うまく言葉にできない。自分の気持ちを迷わず人に差し出していく。べんてんちゃんはそういうことが自然にできるんだな、と思ったのだ。

僕にはできない。自分がなにか言っても相手にされないのが怖い。だがそれ以上に、自分がなにかをすることで相手が変わってしまうことが怖い。そんな責任は取れない、と尻《しり》込《ご》みしてしまう。

だけど、僕だって、べんてんちゃんが積極的にかかわってくれたから救われたのだ。知らない土地、知らない家。べんてんちゃんがいなかったら、家の力に飲みこまれてしまっていたかもしれない。

昼の光、生きる力。べんてんちゃんを見ながらそう感じた。

「うまくいくといいね」

僕は言った。

「大丈夫ですよ、きっと」

べんてんちゃんがにっこり笑った。

7

佐久間さんの店の改築工事がはじまり、僕はときどき工事の様子をのぞきに行った。あれから佐久間さんの姿は見ない。会社を退職するまでは残務で忙しいのだろう。

今日も通りかかると真山さんがいて、進み具合を見ていかないか、と誘われた。なかにはいってみて驚いた。前に来たときとはずいぶん雰囲気がちがう。床はやわらかな白色の漆喰《しっくい》、壁は濃い茶色の木が張られている。倉庫で見せてもらったショーケースの枠の色といっしょだ。

古い和菓子屋さんの雰囲気を残しつつ、モダンでしゃれた感じになっている。

「結局、ガラス戸はそのままにすることにしました。それで、冷暖房が効くように、喫茶スペースは店の奥にしたんです。この壁面には棚を作ろうと思ってます」

真山さんはガラス戸の向かいの壁を指す。

「そこにあの菓子木型を一面に並べるんです」

「木型を？」

「ええ」

「それはすごい」

木型の並ぶ壁面を想像し、つぶやいた。

「店の顔になりますよ。だからガラス戸越しに見えるようにしたいんです」

真山さんがそう言ったとき、奥から職人さんの声が聞こえた。真山さんを呼んでいる。

真山さんが奥に行ってしまったあと、僕は歩きながらきれいになった壁をながめた。

ガラス戸から光が差しこみ、店のなかはとてもあかるい。

よかったなあ。

ほっとして、息をつく。あの木型も飾られることになったんだ。

――見つけてくれるかなあ。

――見つけてくれるさ。

子どもとおじいさんのような声が聞こえた。なんのことだろう、と思いながら耳を澄ます。声はやみ、床を照らす日差しがちらちら揺れる。

この店、今度はこれから珈琲《コーヒー》豆の店になるらしいですよ。ひとりごとのようにつぶやく。家がしんとして、僕の声を聞いているような気がした。

「あれ、遠野さん」

ガラス戸が開いて、佐久間さんがはいってきた。Tシャツとジーンズというラフな格好だ。今日は平日なのに、と不思議に思った。

「すみません。たまたま通りかかって、真山さんに声をかけられたんです。すっかりきれいになりましたね」

「そうですね。久しぶりに来て、びっくりしました。へえ、この店、こんなにあかるかったんですね」

「ほんとですね。とてもあかるい。床のうえで光が遊んでるみたいで」

「ははは。いい言葉だね。光が遊ぶ……」

「佐久間さんは、今日は？」

「ああ、ついに勤めが終わったんですよ、昨日ね。今日からは晴れて無職」

佐久間さんが晴れ晴れとした顔で笑った。

「遅くまで寝ていようと思ったんですけどね、結局いつもの時間に起きてしまった。スーツじゃない格好で外に出るのはなんだか新鮮で……。駅に向かうスーツ姿の人たちを見て、不思議な気持ちになりましたよ」

天井を見あげ、目を閉じる。

「それで、朝からやってる喫茶店をまわったりしてたんですけど、だんだんいてもたってもいられなくなって、ここに来てしまった」

佐久間さんが照れたように笑った。

「会社、辞めてみたらなんだかすっきりして。なんでこだわってたんだろうなあ、って。いまは一日でも早く、ここで店をはじめたい気分ですよ」

「そうですか」

なんだかうれしくなって、知らず知らず微笑んでいた。

「もともと和菓子屋さんの血筋ですから、お店の方が合っていたのかもしれませんね」

「それは、やってみないとなんとも。商売は商売で、むずかしいでしょうからね。でも、がんばりますよ」

佐久間さんがにこっと笑った。

「遠野さん、ちょっと外に出ませんか？」

「僕はかまいませんけど、真山さんとお話ししなくていいんですか？　奥にいらっしゃいますよ」

僕は店の奥を指す。

「いや、真山さんとはあとでゆっくり話すから」

佐久間さんはそう言って、店の外に出た。

「遠野さんも、川越に越してきたばかりなんですよね」

歩きながら、佐久間さんが言った。

「はい、この五月に」

「どうですか、この町は。それに、あの月光荘。古い建物でしょう? 前から訊こうと思ってたんです。遠野さんみたいな若い人があういう家に住むなんて。いや、最近の若い人のなかでは、そういうのが流行《はや》りなのかな」

「流行りなのかはちょっと……。でも、悪くないです。最初は緊張しましたよ。古い町ですからね。住んでいる人たちも一筋縄ではいかない、というか、新参者《しんざんもの》にはむずかしいところかと思ってましたから」

「たしかにね」

「でも、べんてんちゃんや安藤さんがいろいろ教えてくれますし。あの家も、僕はとても好きです」

「そうですか。じゃあ、わたしもやっていけるかな」

佐久間さんは立ち止まり、養寿院の方を見た。

「あのイチョウの木」

養寿院の前の木を指す。大きなイチョウの木が緑の葉を茂らせ、門を半分覆っている。

まわりに高い建物がないので、青い空に緑の葉がよく映えていた。

「あの木を見たとき、ああ、あれはここだったのか、って思い出したんです。ずっと忘れてたんですが、どうやらむかし父といっしょに川越に来たことがあったみたいで」

「お父さんといっしょに？」

「でもね、姉や母に訊いても、川越なんて行ったことがない、って言われて。それに、どうも時期があいまいなんですよ。記憶では、そのときわたしは小学校の黄色い帽子をかぶっていて、小学校にあがってからのことだと思っていました。でも、父が出て行ったのは、わたしが小学校にあがる前ですからね。夢だったような気もしていました」

イチョウの木の枝が風に揺れている。

「だけど、ここに来て、あのイチョウの木を見たとき思ったんです。まちがいなくここに来た、って。それで思い出しました。あれは、わたしが小学一年生のときのことでした」

「でも、お父さんは」

「そう。父が出て行ったあとのことです。学校からの帰り道、突然父が現れたんです。それで、いっしょに行こう、って」

「それで？」

「母は仕事、姉も塾で帰りが遅い。わたしはずっと鍵っ子で、学校から帰ったらたいてい外に遊びに行ってました。久しぶりに父と会ってうれしくて、なにも考えずいっしょに電車に乗ったんです」

佐久間さんは記憶をたどるように空を見上げた。

「いま考えると、あれはもしかしたらプチ誘拐だったのかもしれません。当時住んでいた家から川越までは電車で二十分くらいです。川越でほかにどこに行ったのかはさっぱり覚えていないけど、とにかく、ここには来たんですよ。そうしてあの店を見ながら、父は『あの店はもともと自分が住んでいた場所で、お宝が眠っているんだ』って言った」

お宝……。長持を開けたときのことを思い出す。なかから出てきた木型をながめながら、佐久間さんは呆然《ぼうぜん》とした顔で、ほんとにあったんだ、とつぶやいた。

「それで、長持の絵を描いて、お宝はこういう箱にはいっている、と言いました。長持を見たときは驚いたなあ。わたしは、絵の箱はもっと小さなものだと勝手に思いこんでいたんですよ。ほら、女の人がアクセサリーを入れる小さな宝箱があるでしょう？　ああいうものかと」

佐久間さんがくすっと笑った。

「あんなに大きなものだとは思ってなかったんです。それで、見たことがある気がするけどなんだかわからない、という落ち着かない気持ちになって……」

「そうだったんですね」

僕もおかしくなって、少し笑った。

「父は子どものころ、おじいちゃん、つまりわたしからすると曽祖父《そうそふ》といっしょに宝を長持におさめたのだ、と言っていました。宝がなにかは言わなかったけど」

佐久間さんは少し言葉を止めた。

「いや、言ってたのかもしれませんね。そのころのわたしには、木型というのがなんなのか理解できなかった。そういうことだったのかもしれません」

「そうですね、小学一年生は木型を知らないでしょう」

「ともかく、そのころにはもう、あまり菓子木型を使わなくなっていたのだと思います。曽祖父もだいぶ年で、店も休みがちだった。それで祖父が、そんなのもう使わないんだから全部捨てる、と言いだし、曽祖父が激怒して大ゲンカになった。父はたしかそんなふうに言っていました」

「そうだったんですか」

「父は曽祖父が好きだったんですよ。父からすると、祖父はきびしく、曽祖父はやさしかったみたいです。おじいちゃんはよくいっしょに遊んでくれた、と言ってました。それで、あまり身体のきかない曽祖父を手伝って、木型をこっそり全部長持に隠したらしいんです」

「隠した？」

「あとで聞いた話だと、祖父は和菓子店はやめて別の商売をするか、店舗をほかに貸すかしたかったみたいですね。そのときは仕方なく引き下がったけれど、曽祖父が亡くなるとすぐに店を閉じて、テナントに貸してしまったようです」

「長持は？」

「曽祖父が亡くなったのは、父が母と結婚して家を出てからだったそうですから、隠してからずいぶん時間が経っていたんだと思います。祖父はもうそのことを忘れてしまっていたんでしょう。木型を捨てる捨てないというのも、和菓子屋をやめるやめないのもめごとで……」

「木型自体はどうでもよかったのかもしれませんね」

「ええ。ともかく、木型はそのままほかのものといっしょに店の裏の倉庫にしまわれていた。父も、自分の仕事や家庭のことで頭がいっぱいで、長持のことなど忘れていたんだと思います。でも、わたしを連れてここに来たとき、そのことを思い出した」

「思い出したからここに来たという可能性もありますよ」

「ああ、なるほど。テレビかなにかで木型が出てきて、長持のことを思い出したのかもしれない。それで気になってわたしを連れてやってきた。でも、テナントもはいっているし、そのころは建物の持ち主も祖父だったから、どうにもならなかったとか」

佐久間さんのお父さんがなにを考えていたのかはわからない。菓子木型に値打ちがあると知っていて「お宝」と言ったのかもしれないし、単に大事な思い出の品という意味だったのかもしれない。あるいはまだ子どもだった佐久間さんを喜ばせようとしただけなのかも……。

いまとなってはわからないことだ。

「父は晩年、この近くに住んでいたんですよ。何年か前にテナントも出て、あの店は空き家になった。でも、そのころにはもう身体が言うことをきかなかったんでしょう。あるいは、お宝のことなどどうでもよくなっていたか」

「どうでもいいのではなくて、ただあそこにしずかに眠らせておきたかったのかもしれませんね」

「そうか。そうかもしれない」

佐久間さんは店の方をふりかえった。

「あのとき父はわたしに、『父さんといっしょに行くか』って訊きました。わたしは即座に首を横に振ってしまいました。母や姉から、父の仕事の不始末や、それでいかに母が苦労したかをいやになるほど聞かされていましたから。でも、わたしは父が好きだった。だから『母さんと姉さんといっしょだったらいい』って答えたんです」

「そしたら?」

「『そりゃ父さんだってそのほうがいいさ』と父は言いました。『でもな、母さんが父さんを許してくれないんだ。ダメな人間だからな』と。そのときの父の顔はいまでもよく覚えています。さびしそう、というか、情けない顔で笑ってました。それでまた電車に乗って、母と姉のいる家の前まで送ってくれて、去っていきました。あのときの複雑な表情の意味、いまは少しわかる」

佐久間さんは空を見あげた。

「わたしは父が好きだったんですよ、たぶんね。母や姉は悪く言うけど、父はやさしかった。優柔不断なところも、気が弱いところも自分と似ている気がして、母や姉に、父親似でダメな子、と言われたくなくて、がんばったんです。自分がけなされると、父がけなされているように感じて、いやだったんですね」

僕と同じだ、と思った。僕の祖父はよく父をけなした。僕はそれが悔しくて、父を守りたくて、祖父に認められるために、祖父の望むような人間になるよう努力していた。

「ずっとひとつの会社に勤めて、会社でもそつなくふるまって。でも、なにかちがうと思いながら生きてきた。だけど、それと向き合うのが怖かった。もしかしたら父と同じことをしてしまうんじゃないか、と思って……」

「だから結婚もしたくなかったんですね」

僕はうっかりそう口にしてしまい、はっと口をつぐんだ。目上の人に対して失礼なことを言ってしまった、と青くなる。

「そうですよ」

佐久間さんが苦笑いする。

「母がどんなに大変だったか、知ってたから。あちこちに頭をさげて、その後も働きづめで、それでも姉は大学に行けなかった。自分も似たようなことをしてしまうかもしれない。だから、結婚したり子どもをつくったりすることはできない、しちゃいけない、と」

佐久間さんは空を仰ぎ、大きく息をした。

「でも、やめました」

にっこり笑って、こっちを見る。

「え？」

少し驚いて、佐久間さんの顔をまじまじと見る。

「親子だからって全部同じになるわけじゃない。藤村さんから言われたんです。姉からもずっと同じことを言われてたんですけどね。彼女に言われて、そうかもしれない、とはじめて思えた」

藤村さんが？

あの藤村さんが、思い切って相手の前に自分を出した。べんてんちゃんや蒼子さんの影響か、それとも、『縁結び玉』の力？

「この前、みなさんと別れたあと、藤村さんに川越氷川神社に連れていかれたんですよ。店をはじめるためにも神社にお参りしましょう、って。わたしは神社のことをあまり知らないから、なんとなくついていったんですね。氷川神社はこのあたりでいちばん大きな神社ですし、そういうものかな、と思って」

佐久間さんが頭をかく。

「だけど、着いてみたら、思ってたのとどうも様子がちがう。まわりを見てみると、氷川神社は家族円満や縁結びの神社として有名みたいで……」

「それで、どうしたんですか？」

「境内に女の子がたくさん集まっているところがあって、小さな鯛のおもちゃがたくさん積まれていたんです。むかしからよくある、水に浮かべるブリキの鯛のおもちゃみたいな。なんだろう、と思って見たら」

「おみくじですよね」

前に見た。小さな鯛のなかにおみくじがはいっていて、それを小さな釣り竿《ざお》で釣る。若い女性や子どもに人気で、人だかりができていた。

「そうなんですよ。藤村さんが、かわいいからあれをいっしょに引きましょう、って言うんです。ちょっと気恥ずかしかったけど、おもしろそうだし、やってみよう、と思って近づいてみたら、二種類あるんですよね」

「ええ、赤いのと、ピンクのと」

赤の方は「一年安鯛《あんたい》みくじ」。もうひとつはピンクの『あい鯛《たい》みくじ』。

「そうなんです。ピンクの方はあきらかに恋愛用で」

佐久間さんが困ったように笑った。

「どうされたんですか？」

「さすがにピンクのを引く年じゃないから、と言って、藤村さんは赤いのを引こうとしたんです。けど、あの菓子木型を見たときから、なんというか、藤村さんといっしょにお店をしたい、っていう気持ちが強くなってきて……」

佐久間さんは恥ずかしそうに笑った。

「縁みたいなものを感じたんですよ。和菓子屋の家系と、和三盆作りの家系。そうして、和菓子屋だった場所で店をはじめることになって、菓子木型も出てきて、あの店とわたし、藤村さん、なんだか強い縁で結ばれている気がした。それで、なにを血迷ったのか、ピンクのを引きましょう、って言ってしまったんです」

「藤村さんはなんて？」

「わかりました、って、真顔で。ふたりで釣り竿を持って、ピンクの鯛を釣った」

心がくすぐったくなる。

「結果はどうでした？」

「ふたりとも、末吉でした」

佐久間さんがポケットからピンクの鯛を出す。

「そろって末吉。なんかそれも縁かな、って。末吉からのスタートくらいが自分たちにはちょうどいい気もしましたし。それで、いっしょに店をやってほしい、って、藤村さんにお願いしました」

「よかったですね」

僕は言った。藤村さんがべんてんちゃんといっしょに氷川神社にお参りして、縁結び玉をもらっていたことは、僕からは言わないことにした。

——見つけてくれるかなあ。

──見つけてくれるさ。

さっき聞こえた子どもとおじいさんの声は、もしかしたら佐久間さんのお父さんと、そのおじいさんの声だったのかもしれない。

見つけてほしいから隠れている。だけど、お父さんは隠れたまま亡くなってしまった。だからこそ家は、佐久間さんがだれかに見つけてもらえるよう、祈っていたのかもしれない。

佐久間さんはあの家に住んだことはない。子どものころちらっと見ただけで、なかにはいったのは最近になってから。だから、家は佐久間さんのことを知らない。でも、わかったんだと思う。佐久間さんがだれなのか。

──もういいかーい。

──もういいよー。

佐久間さんは藤村さんに見つけてもらったんだ。

「いろいろありがとうございました」

佐久間さんが言った。

「お礼を言っていたとお伝えください。木谷先生にも、べんてんちゃんにも……。藤村さんが、彼女にすごくお世話になった、って」

「わかりました。きっと喜びますよ。佐久間さんと藤村さん、いっしょにお店をすればいいのに、ってずっと言ってましたから」

「そうなんですか？　なんでわかったんだろう？」

佐久間さんは首をひねっている。安藤さんも蒼子さんもそう願っているのに、人間はみんな、自分のことは意外とわからないものなのかもしれない。

「そういえば、店の名前はどうするんですか？」

僕は訊いた。

「いま考えているんですよ。藤村さんといっしょに」

「そうですか」

佐久間さんはしあわせそうに見えた。

考えてみれば、安藤さんのところに最初に相談に来たときも、佐久間さんは藤村さんを連れてきていたと言っていた。僕らとはじめて会ったときも。そのあともいつも藤村さんといっしょだった。

パッケージのデザインを考えてもらう、と言っていたが、ほんとは最初から、どこかで藤村さんを頼っていたのかもしれない。

——見つけてもらったみたいだよ。

今度あの店に行ったら、建物にそう言おう。

雲が風に流れて行く。空に、昼の白い月が浮かんでいた。

本書は、「ランティエ」二〇一八年一、三～六月号に連載したものに、大幅に加筆修正を加えた文庫オリジナル作品です。

ハルキ文庫

ほ5-1

菓《か》子《し》屋《や》横《よこ》丁《ちょう》月《げっ》光《こう》荘《そう》 歌《うた》う家《いえ》

著者 ほしおさなえ

2018年8月18日第一刷発行
2025年4月18日第七刷発行

発行者 角川春樹

発行所 株式会社角川春樹事務所
〒102-0074 東京都千代田区九段南2-1-30 イタリア文化会館

電話 03(3263)5247(編集)
03(3263)5881(営業)

印刷・製本 中央精版印刷株式会社

フォーマット・デザイン 芦澤泰偉
表紙イラストレーション 門坂 流

ISBN978-4-7584-4194-0 C0193 ©2018 Sanae Hoshio Printed in Japan
http://www.kadokawaharuki.co.jp/[営業]
fanmail@kadokawaharuki.co.jp[編集] ご意見・ご感想をお寄せください。

群 ようこの本

れんげ荘

月10万円で、心穏やかに楽しく暮らそう！ ──キョウコは、お愛想と夜更かしの日々から解放されるため、有名広告代理店を45歳で早期退職し、都内のふるい安アパート「れんげ荘」に引っ越した。そこには、60歳すぎのおしゃれなクマガイさん、職業“旅人”という外国人好きのコナツさん……と個性豊かな人々が暮らしていた。不便さと闘いながら、鳥の声や草の匂いを知り、丁寧に入れたお茶を飲む贅沢さを知る。ささやかな幸せを求める女性を描く長篇小説。